Thomas Bernhard

Der Wetterfleck

Erzählungen

Mit einem Nachwort von
Otto F. Best

Philipp Reclam jun. Stuttgart

Universal-Bibliothek Nr. 9818

Satz: Grafische Kunstanstalt Walter Huber, Ludwigsburg
Druck und Bindung: Reclam, Ditzingen. Printed in Germany 1998
RECLAM und UNIVERSAL-BIBLIOTHEK sind eingetragene Marken der Philipp Reclam jun. GmbH & Co., Stuttgart
ISBN 3-15-009818-1

Der Wetterfleck

Von dem Innsbrucker Anwalt Enderer, unserem Vormund, erfuhren wir (wörtlich) folgendes: ... zwanzig Jahre bin ich, vornehmlich in der Saggengasse und vornehmlich in der Mittagszeit, an dem Menschen vorbeigegangen, ohne zu wissen, wer der Mensch ist, umgekehrt ist dieser Mensch zwanzig Jahre vornehmlich in der Saggengasse und vornehmlich in der Mittagszeit, an mir vorbei gegangen, ohne zu wissen, wer ich bin ... dabei ist der Mensch aus der Saggengasse!, wenn auch aus der *Oberen* Saggengasse, während ich aus der *Unteren* Saggengasse bin, beide sind wir in der Saggengasse aufgewachsen und tatsächlich, denke ich, habe ich den Menschen schon immer gesehen, ohne zu wissen, daß er aus der Saggengasse ist und ohne zu wissen, wer er ist, umgekehrt hat der Mensch von mir nichts gewußt ... jetzt denke ich, daß mir seit Jahren etwas auffallen hätte müssen an dem Menschen, sein Wetterfleck hätte mir auffallen müssen ... vorwurfsvoll sage ich mir, wir gehen jahrelang, jahrzehntelang an einem Menschen vorbei, ohne zu wissen, wer der Mensch ist und wenn uns etwas auffallen sollte an dem Menschen, uns fällt an dem Menschen nichts auf und wir könnten ein ganzes Leben an einem solchen Menschen vorbeigehen und es fiele uns an dem Menschen nichts auf ... plötzlich fällt uns an dem Menschen, an welchem wir zwei Jahrzehnte vorbei gegangen sind, etwas auf, sei es der Wetterfleck, sei es etwas ganz anderes, plötzlich fiel mir an dem Menschen der Wetterfleck auf und in Zusammenhang damit, daß der Mensch in der Saggengasse wohnt und daß er mit Vorliebe an der Sill spazieren geht ... vor einer Woche hat mich dieser Mensch in der Herrengasse angesprochen und der Mann ist mit mir in die Kanzlei herauf, während des Stiegensteigens war mir klar, den Menschen siehst du schon zwei Jahrzehnte, immer den gleichen Menschen, immer den gleichen alternden Menschen in der Saggengasse, in der Mittagszeit in diesem Wetterfleck, in diesem ganz gewöhnlichen aber ganz bestimmten abgetragenen Wetterfleck, noch während des Stiegensteigens war mir nicht klar, warum gerade der Wetterfleck des Menschen meine Aufmerksamkeit erregte, plötzlich, aus der Nähe, erregte der Wetterfleck des Mannes meine größte Aufmerksamkeit ... es ist aber ein ganz gewöhnlicher Wetterfleck, dachte ich, Zehntausende solcher Wetterflecke in den Gebirgen, Zehntausende solcher von den Tirolern getragener Wetterflecke ... gleichgültig, was die Leute sind, was sie tun, wo sie herkommen, sie tragen alle diese Wetterflecke, die einen die grauen, die andern die grünen, weil sie alle diese Wetterflecke anhaben, florieren auch noch immer die vielen Lodenfabriken in den Tälern, diese Wetterflecke werden in die ganze Welt exportiert, aber mit dem Wetterfleck meines neuen Klienten hatte es etwas auf sich: er hatte mit Chevreauleder besetzte Knopflöcher! Diese mit Chevreauleder besetzten Knopflöcher habe ich nur einmal in meinem Leben gesehen, nämlich am Wetterfleck meines Onkels, der vor acht Jahren in der unteren Sill ertrunken ist ... daß dieser Mensch genau den gleichen Wetterfleck anhat wie mein ertrunkener Onkel, denke ich, wie ich mit dem Mann in die Kanzlei hinauf gehe ... plötzlich denke ich, wie sie meinen Onkel Worringer aus der Sill herausgezogen haben, eine Verzweiflungstat war die eine, ein Unglücksfall die andere Meinung gewesen, mit Sicherheit aber glaube ich, daß sich Worringer in sogenannter *selbstmörderischer Absicht* in die Sill gestürzt hat, darüber besteht für mich kein Zweifel, Worringer hat sich umgebracht, alles in seinem Leben und schließlich alles in seinem *Geschäfts*leben deutet auf Selbstmord ... während man den Ertrunkenen oberhalb der Glasfabrik gesucht hat, war er unterhalb Pradl angeschwemmt worden, die Zeitungen brachten ganze Seiten über den Vorfall, unsere ganze Familie war von ihnen in die Öffentlichkeit gezerrt worden, die Wörter *Geschäfts*ruin, *Holz*ruin, *Sägewerks*sterben, schließlich *Wirtschafts-* und *Gesellschafts*ruin geisterten durch die Kolportageköpfe ... das Begräbnis in Wilten ist eines der größten gewesen, ich erinnere mich, Tausende Menschen, schreibt Enderer ... merkwürdig, sagte ich zu dem Mann, mit dem ich die Treppe zur Kanzlei hinauf stieg, Ihr Wetterfleck geht mir nicht aus dem Kopf, mehrere Male, Ihr Wetterfleck geht mir nicht aus dem

Kopf ... ob Sie es wahrhaben wollen oder nicht, Ihr Wetterfleck ... habe ich denken müssen, aber gesagt habe ich nicht, zwischen Ihrem Wetterfleck und meinem Onkel besteht der engste Zusammenhang, wer weiß, ob der Mann weiß, wovon ich spreche, habe ich gedacht und ich fordere den Mann auf, in die Kanzlei hinein zu gehen, gehn Sie herein! sage ich, weil der Mann zögert, dann bin ich in der Kanzlei und ziehe meinen Mantel aus und der Mann kommt herein ... es sieht ganz so aus, als habe der Mann unten vor der Haustür auf mich gewartet, heute bin ich zwanzig Minuten zu spät, denke ich, dann: was will der Mann? Abwechselnd irritierten mich seine Schweigsamkeit und sein Wetterfleck, beim Eintreten in die Kanzlei sah ich noch deutlicher, noch besser, nachdem ich Licht gemacht habe, daß die Knopflöcher des Wetterflecks des Mannes mit Chevreauleder besetzt sind, mit schwarzem Chevreauleder und ich entdeckte, daß der Wetterfleck meines neuen Klienten genauso geschnitten ist, wie der Wetterfleck meines Onkels Worringer, *auf die einfachste Art geschnitten.* Er solle sich setzen, sage ich zu dem Mann, zuerst müsse ich einheizen, ich sei allein, meine Sekretärin krank, Influenza, sage ich, Grippe, ich muß Feuer machen, aber ich habe am Abend schon alles vorbereitet, sage ich, dadurch macht das Einheizen jetzt keinerlei Schwierigkeiten, der Mann solle sich setzen, sage ich, er setzt sich, diese trübe Nebelstimmung, sage ich, alles ist verfinstert, äußerste Disziplin erfordere diese Jahreszeit, man müsse sich *beherrschen und durchkommen*, der Satz war rasch gesagt, wie schwerwiegend er auch gewesen war, gleichzeitig dachte ich, was für ein unsinniger Satz, diese überflüssigen unsinnigen Morgensätze, dachte ich, alles ist einer ungeheuerlichen Belastungsprobe ausgesetzt, sage ich, Körper, Verstand, Kopf, Verstand, Körper. Ganz natürlich behalten die Leute, wenn sie hereinkommen, ihre Mäntel an, auch der neue Klient seinen Wetterfleck, jetzt in der Kanzlei schien ihn noch mehr zu frieren als unten vor der Tür, es dauere nicht lange und die Wärme komme, sage ich, sei einmal eingeheizt, breite sich die Wärme rasch aus, auf die Vorzüglichkeit der amerikanischen Gußeisenöfen wies ich hin, machte eine Bemerkung über die Schädlichkeit von Zentralheizungen, immer wieder sagte ich, es sei viel zu finster für eine Büroarbeit, man könne die Vorhänge aufziehen, es nütze nichts, mehr Lampen anzünden, es nütze nichts, eine gewisse Unheimlichkeit, dachte ich, ist diese Situation, in der düsteren Kanzlei in der Frühe mit einem fremden Menschen zusammen zu sein, der ganz in seinen Wetterfleck eingewickelt ist, aber wenn man bedenkt, sage ich, daß in vier Wochen schon der kürzeste Tag ist, sagte ich, wirkungslos, ich redete von allem Möglichen, während ich am Ofen stand, war aber ausschließlich mit dem Wetterfleck des neuen Klienten beschäftigt. Wilten hat so etwas nie erlebt, sage ich, Tausende Menschen, mir machte der Neue den Eindruck, als sei er Realitätenvermittler, Liegenschaftsaufkäufer, diese Leute tragen solche Wetterflecke in solcher Körperhaltung und haben derartige Gesichter, dachte ich, oder der Mann ist Viehhändler, denke ich, sofort dachte ich, er ist Realitätenvermittler, einer von diesen Männern, die in ihren Wetterflecken herumgehen und wie die Ärmsten der Armen ausschauen und doch den ganzen Liegenschaftsmarkt der inneren Alpen beherrschen, andererseits, der Mann kann Viehhändler sein, weil er ja auch seinen Hut aufgelassen hat, denke ich, das spricht dafür, daß er Viehhändler ist, die Hände sah ich nicht, der Kopf war von großer Magerkeit, daran erkennt man die Viehhändler, daß sie ihren Hut aufbehalten, auch wenn sie in eine Kanzlei hineingehen, sich sofort hinsetzen und ihren Hut aufbehalten, im Stiegenhaus hatte sich der Mann vorgestellt, dachte ich, aber ich hatte seinen Namen vergessen, aber jetzt dachte ich: ein bekannter Name, ein für Tirol charakteristischer Name. Plötzlich fiel mir ein, der Mann heißt Humer. Humer? frage ich, Humer, sagt der Mann. Ich wollte wissen, was er will, ich sagte aber nicht: *was führt Sie zu mir?*, ich dachte auch nicht, *was führt Sie zu mir,* ich sagte einfach: diese Kanzlei ist die älteste Kanzlei in ganz Innsbruck. Schon mein Vater hat diese Kanzlei geführt, mehr in Notariatssachen, sagte ich, dann, einerseits ist es ein Vorteil, wenn eine Kanzlei schon so alt ist, andererseits ein Nachteil, ich fragte mich, warum sagst du das?, die Unsinnigkeit dieser Äußerung war mir, noch während ich sie machte, zu Bewußtsein gekommen, das hinderte mich aber nicht, gleich darauf noch eine Unsinnigkeit zu äußern, ich sagte: die Lage der Kanzlei ist die beste. Diese Äußerung, wie auch die vorausgegangene hatte aber auf den neuen Klienten, und um einen solchen handelt es sich zweifellos, dachte ich, keine sichtbare Wirkung. Da der Mann weiter beharrlich schwieg, andererseits meine Zeit zu kurz gewesen war, um ihn noch länger schweigen zu lassen, ganze Berge von unerledigten Akten hatten sich in den letzten Wochen vor mir aufgetürmt, sagte ich: die Leute kommen zu mir, wenn es sich *um etwas Einheimisches* handelt. In solchen Fällen muß man mit der Stadtmaterie vertraut sein, sagte ich und ich versuchte, Ordnung zu machen auf dem Schreibtisch, *Akten, nichts als Akten,* sagte ich, die Gedankenlosigkeit und die Gleichgültigkeit lassen einen fortwährend Sätze aussprechen, Sätze und Überbleibsel von Sätzen, solche leblosen Sätze und solche leblosen Überbleibsel von Sätzen, aber zu Humer hatte ich *Akten, nichts als Akten* zum erstenmal gesagt, dachte ich, gleichzeitig: der Mann hat bemerkt, daß du *Akten, nichts als Akten* schon Hunderte und Tausende Male gesagt hast. Plötzlich war ich über den ganzen Zustand verärgert und ich sagte, auf die Uhr schauend: wir müssen zur Sache kommen. Wir kamen aber noch lang nicht zur Sache. Anstatt daß mir der Mann nämlich jetzt den Grund seiner Anwesenheit in meiner Kanzlei eröffnete, machte er ein paar, wie mir schien, vollkommen bedeutungslose, dazu auch noch unzusammenhängende Bemerkungen über seine Herkunft, Vorstadt, abgeschlossenes, in nichts konsequentes Aufwachsen, bedauernswerte Kindheit und so fort, etwas über seine Geschäftsverhältnisse sagte er, daß er sich keine Eisenbahnfahrkarte zu seiner Schwester nach Linz leisten könne, er redete von Spitalsaufenthalten, schwierigen Operationen in seinem Körperinnern, wobei er immer wieder die Wörter *Niere* (in Beziehung zu Verkühlungen) und *Leber* (infolge Alkoholismus) aussprach, daß er zeitlebens ein Vergnügen daran gehabt habe, an der Sill auf und ab zu gehen, *nicht den Inn auf und ab,* betonte er ausdrücklich, *an der Sill auf und ab,* schließlich, das Leben sei nichts anderes als Wiederholung der Wiederholung, erschöpfe sich sehr rasch in Monotonie. Ich hatte plötzlich den Eindruck, ich habe es mit einem Verrückten zu tun, mit einem jener Tausenden von Verrückten, die in den tirolischen Tälern und Schluchten herumlaufen mit ihrer Verrücktheit und keinen Ausweg aus ihrer Verrücktheit (aus Tirol) finden. Jetzt sagte ich, mir wäre doch recht, wenn er, Humer, sagte, aus was für einem Grund er bei mir sei. Darauf Humer: ich bin Besitzer des Bestattungswäschegeschäftes in der Saggengasse. Er wäre schon zweimal an meiner Kanzleitür gewesen, aber das sei bekannt, Anwälte hätten viel bei Gericht zu tun, in ihren Kanzleien seien sie kaum anzutreffen, so habe er unten vor der Haustür auf mich gewartet … Während sich die Kanzlei rasch erwärmte, hatte ich das Gefühl, den Mann fror mehr und mehr, er zog sich mehr und mehr in den Wetterfleck zurück … die alten, dicken Mauern, sagte ich, ich wollte sagen, die alten, dicken Mauern erwärmen sich nicht, sagte das aber nicht, weil mir unsinnig vorgekommen war, das zu sagen, so sagte ich nur: die alten, dicken Mauern. Ich denke, der Wetterfleck meines Onkels hat sechs Knopflöcher gehabt, sofort zähle ich die Knopflöcher an Humers Wetterfleck und zähle sie nocheinmal, ein drittes Mal, immer von oben nach unten und von unten nach oben und denke, auch der Wetterfleck Humers hat sechs Knopflöcher, sechs mit schwarzem Chevreauleder besetzte Knopflöcher, darauf der Gedanke, daß es sich bei dem Wetterfleck Humers um den Wetterfleck meines Onkels Worringer handeln *müsse* … das sagte ich aber nicht, weil mir unsinnig vorkam, das zu sagen, dann aber gleich, ich sage doch etwas über den Wetterfleck, während ich etwas über die Obere Saggengasse sagte, *bei Hochwasser andauernde Überschwemmungen in der Oberen Saggengasse*, sagte ich, Humer nickte, ich sagte: es gibt kein nützlicheres Kleidungsstück als einen solchen Wetterfleck, verständlich, daß alle diese Wetterflecke anhaben, sagte ich, Ihr Wetterfleck ist aber ein besonderer Wetterfleck, er hat mit Chevreauleder besetzte Knopflöcher. Aber Humer reagierte nicht darauf oder besser, er reagierte nicht in der Weise darauf, wie ich es erwartet hatte. Er sagte, er habe noch nie einen Anwalt aufgesucht, ich sei der erste, er gebe zu, *der erstbeste*, keine Rekommandation, sagte er, nein, keine Rekommandation. Zwanzig Jahre bin ich an Ihnen vorbeigegangen, sagte er, aber ich habe nicht gewußt, daß

Sie der Anwalt sind … du gehst einfach in diese Kanzlei, habe er gedacht, in diese alte Kanzlei … Besitzer des Bestattungswäschegeschäftes in der Saggengasse, weder ist der Mann Realitätenvermittler, noch Viehhändler … Selbstverständlich kenne ich Ihr Geschäft, sagte ich, was hatte ich von der Lüge, daß mir das Bestattungswäschegeschäft *selbstverständlich* bekannt sei, immer wieder sagst du die Unwahrheit, dachte ich, dann, es ist mir gleichgültig, was der Mann denkt … man wehre sich längere Zeit gegen das Aufsuchen eines Rechtsanwalts, dann komme aber doch der Augenblick, in welchem man einen Rechtsanwalt aufsuche, plötzlich könne man nicht mehr anders, man kann nicht mehr weiter und geht zu einem Anwalt … das Deprimierendste sind Menschen, die in Ausweglosigkeit einen Anwalt aufsuchen und zweifellos handelt es sich bei Humer um einen solchen Menschen, dachte ich … man habe die Wahl, sich umzubringen, oder zu einem Anwalt zu gehn, sagt Humer, schreibt Enderer, wie Humer das sagte, interessierte mich seine Lage … jetzt, schreibt Enderer, interessierte mich alles an dem sich aufeinmal zu einem erschütternden zusammenziehenden Fall … der Mann sprach jetzt sehr ruhig, ohne die geringste Erregung und ich notierte, keine Abschweifung, Beschränkung auf das Faktische, schreibt Enderer, die schmucklose Monotonie des Verzweifelten … mich berühren die Menschen, die mich aufsuchen, nicht, schreibt Enderer, aber dieser Mann war eine Ausnahme … plötzlich sagt Humer, schreibt Enderer: Vorbeigehende erkenne ich an ihrer Kleidung, ich sehe die Kleidung, nicht das Gesicht. Die Füße, *ja*, das Gesicht, *nein*. Zuerst schaue er auf die Schuhe. Darin unterscheiden wir uns, ich sagte, ich sehe sofort das Gesicht. Das Gesicht nicht, sagt er. So habe er zwanzig Jahre mein Gesicht nicht gesehen, nur meine Kleidung, während ich zwanzig Jahre sein Gesicht gesehen habe, nicht seine Kleidung, daher kommt es, schreibt Enderer, daß ich seinen Wetterfleck nie gesehen habe … Wielange haben Sie denn Ihren Wetterfleck schon? sagte ich aufeinmal und Humer antwortete *Viele Jahre*, er sagte nicht *vier* oder *fünf* oder *drei* oder *acht* oder *zehn* oder *zwölf* Jahre, wie ich mir das erhofft hatte, er sagte *Viele Jahre*, es handelt sich zweifellos um einen vollkommen abgetragenen, aber doch *noch warmen* Wetterfleck, dachte ich, vor genau acht Jahren hat sich mein Onkel Worringer in die Sill gestürzt, meiner Ansicht nach ist der Wetterfleck des Humer schon älter, an die zehn Jahre, der Wetterfleck meines Onkels ist neu gewesen, höchstens ein Jahr alt ... aber ich fragte Humer nicht, woher er den Wetterfleck habe, obwohl das Naheliegendste gewesen wäre, zu fragen: *woher haben Sie denn den Wetterfleck? Wo haben Sie denn den Wetterfleck gekauft?*, ich fragte nicht, ich hörte noch längere Zeit, wie er sagte: *Viele Jahre.* Das ließ mir keine Ruhe, der Mann konnte sagen, was er wollte, ich hörte nur immer das *Viele Jahre*, und die Knopflöcher sind mit schwarzem Chevreauleder besetzt, dachte ich ... zuerst schaue er auf die Schuhe, dann, naturgemäß, auf die Hosenfüße, sagte Humer, schreibt Enderer, auf diese Weise sehe ich nie das Gesicht, auf diese Weise habe ich Ihr (mein) Gesicht, schreibt Enderer, nie gesehen, das kommt auch von seiner gebückten Körperhaltung, dachte ich, Humers Oberkörper war gekrümmt, die Wirbelsäule des Mannes war so stark gekrümmt, sah ich, während ich ihn, der noch mehr in dem Wetterfleck zusammengesunken war, beobachtete, wie ich noch keine gesehen habe ... die Qualität der Schuhe und die Qualität der Hosen interessiere ihn an einem Menschen, was für einen Anzug, was für einen Rock er anhabe, was Stoffe betrifft, habe er ein genauso ausgeprägtes Qualitätsempfinden, wie was Leder betrifft ... ist es *echtes* Leder? frage er sich, Kalbsleder, Rindsleder? *Chevreau*leder? oder: ist es vielleicht *ein englischer Stoff*? Nie das Gesicht, sagte er und er hob die Schultern und war dadurch noch kümmerlicher, mehrere Male wiederholte er *nie das Gesicht, nie das Gesicht* ... aber *ich* kenne *Ihr* Gesicht ganz genau, sagte ich, schreibt Enderer, augenblicklich hatte ich die Notwendigkeit, selbst etwas zu sagen, eingesehen, daß *ich* rede, *etwas von mir*, daß Humer, der aufeinmal *sehr viel* gesprochen hatte, schweigt und ich sagte: ich kenne Sie schon lange Zeit auf das Genaueste, dazu sagte ich überflüssigerweise auch noch *Ihr Gesicht ist ganz und gar außergewöhnlich*, sofort war ich mir der Peinlichkeit dieser Äußerung bewußt gewesen, die Infamie solcher Aussprüche wie *Ihr Gesicht ist ganz und gar außergewöhnlich* empfindet mein Gegenüber, habe ich denken müssen und ich sagte: zum Unterschied von Ihnen, der Sie immer gleich auf die Schuhe und auf die Hosenfüße schauen, schaue ich immer gleich auf das Gesicht, *in* das Gesicht. Immer zuerst das Gesicht, sagte ich. Nach einer Pause: die Kleidung der Leute interessiert mich nicht, mich interessiert nur das Gesicht und ich wiederholte das mehrere Male, mich interessiert nicht, was die Leute anhaben, mich interessiert nur ihr Gesicht … indem ich in ihr Gesicht schaue, weiß ich sehr viel über diese Leute, sagte ich, schreibt Enderer, ich dachte, diese Menschen, die in ihren grauen und grünen Wetterflecken herumrennen und sich gegenseitig auf die Nerven gehen in ihren Wetterflecken und ich sagte zu meinem Gegenüber plötzlich laut: *mit einem solchen Wetterfleck kann einem kein Unwetter etwas anhaben!*, während ich mir innerlich sagte, du haßt alles, was mit diesen Wetterflecken zusammenhängt, trotzdem sagte ich nocheinmal: es gibt nichts nützlicheres, als einen solchen Wetterfleck, und je länger man einen solchen Wetterfleck trägt, sagte ich, tatsächlich sagte ich *trägt,* was unstatthaft ist, es ist absolut unstatthaft *trägt* zu sagen, und je länger man einen solchen Wetterfleck *trägt* sagte ich, desto besser, man gewöhnt sich an das Tragen eines solchen Kleidungsstücks, sagte ich, der Gedanke, daß es sich bei dem Wetterfleck Humers um den Wetterfleck meines vor acht Jahren in der Sill ertrunkenen Onkels handeln könne, *handelt,* ließ mir keine Ruhe, einerseits interessierte mich Humers *Schicksal,* andererseits interessierte mich sein Wetterfleck, mir war nicht klar, was interessiert dich mehr, Humers Wetterfleck oder Humers *Schicksal,* aber doch, zugegeben, doch immer mehr der Wetterfleck Humers als sein *Schicksal,* die Katastrophe Humers, wie längst herausgekommen war, die Katastrophe dieses Menschen also immer weniger als sein Wetterfleck, ich fragte aber nicht: *wo haben Sie denn den Wetterfleck her?*, möglicherweise muß man einen solchen Menschen wie Humer, habe ich gedacht, *direkt* fragen, *das Indirekte nützt nichts,* ich fragte ihn aber nicht, ich überlegte die ganze Zeit, ob ich ihn frage, fragte ihn aber nicht, einerseits war ich neugierig, was Humer antwortet, wenn ich frage: *wo haben Sie denn Ihren Wetterfleck her* (gekauft, gefunden etcetera)?, andererseits *fürchtete* ich die Antwort, tatsächlich hatte ich vor gleich was für einer Antwort Angst. Ich dachte, schreibt Enderer, du sagst jetzt nichts mehr von dem Wetterfleck, den Wetterfleck vergessen, dachte ich, nichts mehr mit dem Wetterfleck, aber kaum hatte ich mir vorgenommen, nicht mehr vom Wetterfleck Humers zu reden, seinen Wetterfleck zu vergessen, den Wetterfleck *auszuschalten*, beschäftigte mich doch wieder nichts mehr als der Wetterfleck. Ich getraute mich aber nicht zu fragen, woher Humer den Wetterfleck hat. Ich rechnete und sagte mir: acht Jahre, natürlich, vor acht Jahren hat sich mein Onkel Worringer mit dem Wetterfleck in die Sill gestürzt und ist ohne Wetterfleck unterhalb Pradl angeschwemmt worden, *ohne* Wetterfleck, *ohne* Wetterfleck, dachte ich, während ich anstatt *Zur Sache* zu sagen oder zu fragen, woher haben Sie denn den Wetterfleck? vor allem aus der Tatsache, daß der Wetterfleck Humers wie der Wetterfleck meines Onkels Worringer sechs mit Chevreauleder besetzte Knopflöcher hat, darauf schloß, daß es sich bei dem Wetterfleck Humers einwandfrei um den Wetterfleck meines Onkels handeln müsse, sagte ich, ich beurteile die Menschen nach ihrem Gesicht, keine andere Urteilsbildung, sagte ich, über Menschen keine andere Urteilsbildung als die über das Gesicht, während *Sie* die Menschen nach ihrer Kleidung beurteilen ... tatsächlich sei ja auch meine Kleidung von minderwertiger Qualität, sagte ich, erstaunlich bei einem Anwalt ... daß seine, Humers Kleidung von minderwertiger Qualität sei, hänge mit seiner sich nach und nach durch die letzten zwei Jahrzehnte vor allem auf das schmerzlichste verfinsternde Existenz zusammen, tatsächlich habe seine Verfinsterung, wie er selbst sagte, nicht erst mit der Verheiratung seines Sohnes, sondern schon viel früher, zehn oder noch mehr Jahre vorher, sagte er, eingesetzt, mit der plötzlichen Zollsenkung und der radikalen Verbilligung von Krepp- und Seidenpapier, Rohstoffe für die Bestattungswäscheerzeugung. Vor Gericht hat man selbstverständlich in vorzüglicher Kleidung zu erscheinen, sagte ich, schreibt Enderer, die Unsinnigkeit auch dieser Äußerung war mir bewußt, noch ehe ich sie gemacht habe, aber ich bin auch vor Gericht nicht vorzüglich gekleidet, gut angezogen, ja, sagte ich, nicht vorzüglich gekleidet, ein Unterschied, sagte ich, schreibt Enderer. Ich hätte auf vorzügliche, wie überhaupt auf Kleidung nie Wert gelegt. Was ist Kleidung? sagte ich und der Satz war mir beinahe unerträglich, aber ich hatte den Satz schon gesagt. Ich frage mich nicht, bin ich ordentlich gekleidet? sagte ich, ist meine Kleidung von minderwertiger Qualität? diese Fragen stellen sich mir nicht ... daß ich nicht vorzüglich gekleidet bin, heißt ja nicht, daß ich auf abstoßende Art und Weise angezogen bin, sagte ich und: die meiste Zeit bin ich gut angezogen, weiter, mir sind Schneider verhaßt, hoffentlich verletze ich Sie nicht, sagte ich, schreibt Enderer, wenn ich sage, daß mir Schneider verhaßt sind, *Herrenschneider vor allem*, sagte ich und ich wußte nicht, warum ich sagte *Herrenschneider vor allem* und ich sagte: *ich gehe in die großen Kaufhäuser*. Es kommt auf die Figur an, sagte ich ... es fragt sich, sagte ich, ob ich es weiter gebracht hätte, wenn ich auf Kleidung größeren, also überhaupt Wert gelegt hätte ... es fragt sich, ist die Chance des gutgekleideten Mannes größer als die des schlechtgekleideten? ... aber Fragen dieser Art interessieren mich nicht, sagte ich, schreibt Enderer, dann plötzlich: Wetterflecke bekommt man überall zu kaufen, wenn man auch noch weiß, wo man Prozente bekommt ... es kommt auf die Profession an, die man hat, sagte Humer dann, schreibt Enderer, ob man sich eine die Kleidung betreffende Nachlässigkeit erlauben könne oder nicht, hänge von dem Beruf ab, den man aus*übe* ... oft ist gute Kleidung ganz einfach die Voraussetzung, sagte ich ... jetzt forderte ich Humer plötzlich auf, seine Sache nocheinmal vorzubringen, mir sei klar, was er gesagt habe, aus allen seinen Andeutungen, angefangenen langen oder ganz einfach kurzen Sätzen, hätte ich mir von seinem Fall und das heißt um das, um was es geht, wozu er hier in meiner Kanzlei sei, ein Bild machen können, meine Gewohnheit sei es aber, den Klienten seine Sache unmittelbar auf das erstemal ein zweitesmal vorbringen zu lassen, in der Wiederholung des Sachverhalts kommt das, worauf es ankomme, zum Vorschein, sagte ich, alles erscheint in einem anderen Licht, in einem *unbestechlichen* Licht, sagte ich, wenn man die erste Vorbringung des Sachverhalts mit der zweiten Vorbringung des Sachverhalts decke, das heißt, den

Versuch mache, erste und zweite Vorbringung *oder Schilderung* des Sachverhalts, zu decken, oft zeige sich dann: das vorher Unbedeutende ist im Grunde bedeutend, das zuerst Bedeutende, aufeinmal unbedeutend und alles in allem gehe es plötzlich um etwas ganz anderes ... so notierte ich jetzt zu meinen Notizen von vorher, was Humer *jetzt* sagte und dachte, ich werde mir von dem Manne *mehrere Male* seine Sache vorbringen lassen, nicht nur zweimal, wie üblich, vielleicht dreimal, vielleicht viermal ... das bedeutet Sicherheit im Zusammenhang ... daß er jetzt nocheinmal alles vorbringe, sagte ich zu Humer, schreibt Enderer, sei notwendig, denn sein Fall sei mir, wenn auch schon klar, doch noch nicht vollkommen klar ... jetzt brachte Humer, schreibt Enderer, nicht nur Stichwörter, sondern er entwickelte seine Sache folgerichtig und war in der Lage, Wichtiges und Unwichtiges, zum Sachverhalt gehörendes und zum Sachverhalt nicht gehörendes, den Sachverhalt stützendes oder den Sachverhalt nur verwirrendes auseinanderzuhalten, was mich betrifft, so bin ich in meiner Praxis *an diesen Leuten für diese Leute* geschult, mir ist ihr Denken und mir ist ihre Redeweise vertraut ... einerseits sei seine Angelegenheit die komplizierteste, andererseits wieder nicht, sagte Humer, schreibt Enderer, mit größter Eindringlichkeit schilderte Humer die Vorgänge in seinem Haus in der Oberen Saggengasse, während ich, weil ich wieder nachlegen habe müssen, vom Ofen aus beobachtete, wie er jetzt auch noch seine Knie mehr und mehr in den Wetterfleck einwickelte, daß ich ihn auf das unstatthafteste vom Ofen aus beobachtete, mit jener Schärfe, die anzuwenden keinem Menschen keinem Menschen gegenüber erlaubt ist, bemerkte er nicht, weil er zu Boden schaute, bei diesen Leuten weiß man nie, schauen sie zu Boden, weil sie unsicher sind in der Menschenbegegnung, also was Humer betrifft, weil er sich in meiner Kanzlei absolut unsicher fühlte, aus was für einem Grund immer, diese Leute schauen zu Boden, aus Furcht oder aus Gemeinheit, aus Unsicherheit oder aus verbrecherischer Absicht, die unglaubliche Größe des Wetterflecks fiel mir, wie ich Humer vom Ofen aus beobachtete, auf, dann auch noch seine derben Schuhe, diese ungewöhnlich derben und ungewöhnlich großen Schuhe aus

Juchtenleder, seine Hose war von der altmodischen Art, breite Stulpe etcetera, mir kam vor, ausgefranst, eine Struxhose, dachte ich ... die Umständlichkeit dieser Leute ist immer die gleiche, dachte ich, während ich Humer beobachtete, wie er, wie das Frierende tun, in dieser charakteristischen Kälteverkrampfung frierender Hilfloser in fremder Umgebung, den zugeknöpften Wetterfleck mit beiden Händen fest an den Brustkorb drückte ... jetzt wußte ich schon, um was es sich handelte und ich sagte, ich weiß, um was es sich handelt, aber wenn Sie mir nocheinmal alles genau beschreiben, genau aufzählen, nichts auslassen, nichts auslassen, sagte ich, kann ich die Sache besser verstehen und um die Sache auf die nützlichste Weise angehen zu können, brauche ich eine nochmalige Schilderung aller Umstände, *aller* Umstände, wiederholte ich ... oberflächlich, wie gesagt, habe ich den Humer noch im Stiegenhaus, noch in der Kanzlei für einen Realitätenvermittler oder für einen Viehhändler gehalten, dieser Irrtum ärgerte mich wieder, daß Sie der Inhaber des Bestattungswäschegeschäfts sind, sagte ich plötzlich, ich habe das gar nicht sagen wollen, ich sagte das aber plötzlich, *weiß ich selbstverständlich*, wieder ließ ich mich auf diese Lüge ein, Humer meinte, in diesen Häusern in der Saggengasse und vor allem in den Häusern der Oberen Saggengasse, in diesen viel älteren Häusern, verkomme man, wenn man nicht fortwährende Überaufmerksamkeit walten ließe, man gehe unter, sagte er pathetisch, plötzlich hatte er sich aufgerichtet und pathetisch gesagt: *man geht unter* ... zuerst werden sie mit ihrer Umständlichkeit nicht fertig, aber dann gehen sie aus sich heraus und reden viel mehr als man hören will, schreibt Enderer, aber Humer beschränkte sich nur auf Brauchbares und selbst die Bemerkungen, die ich anfänglich für lauter überflüssige Bemerkungen seinerseits gehalten hatte, über seine Kindheit, über die Zellwollezuschneidekunst etcetera, stellten sich jetzt als wichtig heraus ... auch daß er gleich am Anfang gesagt hatte, seine Schwiegertochter sei aus Matrei gebürtig ... daß diese Leute dann, einmal warm geworden, aus sich herausgehen und im Besitze ihrer einfachen aber zuverlässigen Mittel vertrauenerweckend und schließlich vertrauensvoll sind, schreibt Enderer, zuerst zögernd, dann ganz bestimmt, furchtlos, und mir fiel jetzt am Ofen auf, wie nützlich es ist, einen solchen Menschen wie Humer längere Zeit warm werden zu lassen, nicht gleich abzufertigen, nicht gleich mundtot zu machen, nicht durch überfallsartiges Fragen zu irritieren, was ich früher immer auf so unglückliche Weise getan habe, dadurch habe ich immer alles ruiniert ... so unansehnlich Humer war, schreibt Enderer, so alt, denn zweifellos handelte es sich um einen fünfundsechzigjährigen, beinahe siebzigjährigen Menschen, in seiner ganzen Armseligkeit, ich hatte den Eindruck, er sei ein Geschöpf, mit Sicherheit habe ich plötzlich das Gefühl gehabt, ein Geschöpf ist in meiner Kanzlei ... und mit diesem Geschöpf habe ich ganz behutsam umzugehen ... doch dann irritierte mich der Gedanke, den ich noch nie gehabt habe, und ich beschäftigte mich wieder mit Humers Wetterfleck ... wenn der Mann eine Struxhose anhat, dachte ich, hat er auch eine Struxjacke an, einen Struxrock, dachte ich, die wegen ihrer Wärme einerseits, wegen ihrer Billigkeit andererseits bei den Leuten sehr beliebt sind, tatsächlich glaubte ich an dem Geruch der Kleidung Humers auf eine solche komplette Struxkleidung, Struxhose, Struxrock, Struxjacke, schließen zu können, denn zweifellos war die Hose Humers eine Struxhose, wie ich auch in dem Halbdunkel der Kanzlei, das elektrische Licht ist an den Novembervormittagen das schwächste, Ursache sind die einerseits fast versiegenden Hochgebirgsquellen, andererseits die unglaublich entwickelten Industrien, feststellen habe können, eine Struxhose und eine Struxjacke und einen Struxrock, das paßt ganz zu seiner Person, dachte ich ... und darüber der Wetterfleck ... und der schwarze Hut auf dem Kopf und die grauen Schladmingersocken ... einerseits ist meine Angelegenheit die komplizierteste, andererseits nicht, sagte er wieder, schreibt Enderer und wie zur Bekräftigung dessen, was er bisher gesagt hatte, wiederholte er in bestimmten Abständen immer wieder den Ausgangspunkt seiner *Tragödie,* (sein Wort), schreibt Enderer, er sagte: wie mein Sohn zweiundzwanzig Jahre alt geworden ist, immer wieder, *wie mein Sohn zweiundzwanzig Jahre alt geworden ist* und dann: *wie mein Sohn geheiratet hat* und *wie meine Schwiegertochter ins Haus gekommen ist aus Matrei ...*

nach fünf oder sechs oder acht Sätzen sagte er immer wieder *wie mein Sohn einundzwanzig Jahre alt geworden ist* oder *wie meine Schwiegertochter ins Haus gekommen ist aus Matrei*, der Eindruck, alles, was Humer sagte, sei düster, wenn nicht gänzlich verfinstert, war naturgemäß durch die schwache elektrische Beleuchtung und überhaupt durch die Jahreszeit, noch verstärkt. Aufeinmal sagte er: weil Sie überhaupt nichts von mir wissen und weil wir zwei Jahrzehnte aneinander vorbei gegangen sind ... der Satz hing längere Zeit in der Luft, bis er sagte: wenn Sie aber mein Geschäft kennen ... darauf ich, schreibt Enderer: ich bin nie in Ihrem Geschäft gewesen, tatsächlich kenne ich das Bestattungswäschegeschäft in der Saggengasse, aber ich bin nie in dem Geschäft gewesen, ich wollte Humer darüber nicht in Zweifel lassen. Mein Vater hat mir vor vierzig Jahren das Geschäft hinterlassen, sagte Humer, schreibt Enderer, dann: mit dem Geschäft ist es aufwärts gegangen, mit mir abwärts. Auch diesen Satz, schreibt Enderer, hat Humer schon mehrere Male gesagt. Was das Geschäft betrifft, so Humer, schreibt Enderer, Verbesserung, was mich betrifft, Verschlechterung. Die Sache fing damit an, daß er seinen Sohn die Bestattungswäscheerzeugung erlernen habe lassen, eine Art von höherem Schneiderhandwerk, schreibt Enderer, wie ich jetzt weiß, schreibt Enderer, tatsächlich ein überaus subtiles Kunsthandwerk, er, Humer, seinen Sohn, wie Humers Vater ihn, Humers Großvater, Humers Vater und so fort. Mit siebzehn waren sie, war auch sein Sohn ausgelernt, und zwar im Vatergeschäft, dem einzigen Bestattungswäschegeschäft Tirols. Man kann fragen, kein Mensch weiß davon, schreibt Enderer, tatsächlich gibt es aber das Bestattungsgeschäft Humer schon an die achtzig Jahre in der Oberen Saggengasse. Und wenn man weiß, wie groß der Aufbahrungsaufwand ist und vor allem hier in Tirol ist der Aufbahrungsaufwand der allergrößte, muß man annehmen, daß ein solches Geschäft ein gutes Geschäft ist. Das verschweigt Humer auch nicht, während er spricht, in allem, was er sagt, denkt man fortwährend, was für ein gutes Geschäft! und vor allem das spielt in dem Geschehen um Humer, das er plötzlich auf seinem Höhepunkt nicht mehr auszuhalten imstande gewesen war, die Hauptrolle. Aber, so Humer, schreibt Enderer: wir arbeiten sogar für den Export. Bei dem Wort *Export* ist seine Stimme unsicher. Wie gesagt, so Humer, schreibt Enderer, ich suche Sie wegen der Unerträglichkeit auf, in welcher ich existieren muß. Allein daß ich, Besitzer eines so gut gehenden Geschäfts, mit einer Struxhose herumlaufe und mit einem Struxrock, sollte Ihnen zu denken geben, sagt Humer, schreibt Enderer, als Geschäftsinhaber in einer Struxhose und in einem Struxrock und in solchen derben Schuhen ... das soll mir zu denken geben, schreibt Enderer und er schreibt: Sie kennen meinen Sohn nicht, sagt Humer, aber gesehen haben Sie meinen Sohn schon oft, wahrscheinlich haben Sie meinen Sohn schon öfter gesehen als mich, alle Augenblicke läuft er durch die Obere Saggengasse, dieser große Mensch in dieser auffallenden Kleidung, sagt Humer und dann: seit Jahren geht mein Sohn in den *Grauen Bären*, wissen Sie, was das heißt! Dazu hat ihn meine Schwiegertochter aus Matrei gebracht, daß er tagtäglich in den *Grauen Bären* geht, während ich selbst mit dem allereinfachsten vorliebnehmen muß, und mein Sohn, sagt Humer, schreibt Enderer, gibt viel aus! Und außerdem und immer wieder auch noch in ein anderes Restaurant und sehr oft in das Stadttheater. Man fragt sich, sagt Humer, schreibt Enderer, was geht in so einem Menschen vor! Das ganze Problem ist aber, daß sich mein Sohn auf die unglücklichste Weise verheiratet hat und zu dem ungünstigsten Zeitpunkt, nur gibt er das nicht zu, ich weiß genau, diese Ehe ist unglücklich, nur gibt er das nicht zu. Mein Sohn ist unglücklich, diese Frau hat sein Leben verpfuscht, sagt Humer, schreibt Enderer. Im übrigen gehe Humers Sohn jetzt schon längere Zeit nicht mehr in den *Grauen Bären*, sondern in die *Kaiserkrone*, stellen Sie sich vor, sagt Humer, schreibt Enderer, *er geht in die Kaiserkrone!* Da Sie selber, sagt Humer zu mir, schreibt Enderer, wie ich weiß, sehr oft in den *Grauen Bären* gehen, müssen Sie ja meinen Sohn kennen, wie gesagt, auffallend groß und auffallend angezogen, eine auffallend große Erscheinung, sagt Humer und ich frage mich, schreibt Enderer, woher Humer weiß, daß ich tatsächlich sehr oft in den *Grauen Bären* gehe, wie Sie wissen, schreibt uns Enderer, gehe ich jeden Samstag und Sonntag in den *Grauen Bären*, das ist noch das beste. Aber natürlich kann es einem auch im *Grauen Bären* passieren, daß man etwas vorgesetzt bekommt, das nicht zu essen ist, schreibt Enderer und: Humer sagt, seine Schwiegertochter habe überdurchschnittlich lange Haare, und fortwährend, schreibt Enderer, sagt Humer *ungekämmt, ungekämmt, meine Schwiegertochter ist immer ungekämmt,* dabei hasse ich nichts tiefer als einen ungekämmten Menschen, sagt Humer, aber allein, daß sie ungekämmt ist, ist nicht Ursache meiner Abneigung, sagt Humer, durch diese Frau, die *aus der untersten Kategorie* kommt, ihr Vater ist noch heute als Zimmeranstreicher in Matrei tätig, sagt Humer, ihre Mutter bessert sich den Unterhalt als Zugehfrau auf, *wie* er das sagt, darin ist alle nur mögliche Verachtung, schreibt Enderer, wie gesagt, seit längerer Zeit gehen die beiden schon in die Kaiserkrone, schreibt Enderer, in der Kaiserkrone bezahlen sie für alles doppelt so viel wie im *Grauen Bären*, sagt Humer und ich denke, mit meinem Geld, sagt Humer, in wie kurzer Zeit, sagt Humer jetzt, werden sie, weil sie mehr dem Vergnügen als dem Geschäft leben, alles verwirtschaftet haben, und ein solches Geschäft wie mein Geschäft zu verwirtschaften, *noch gehört es ja mir!* ruft Humer aus, *noch gehört es mir!,* dazu gehöre eine große Portion Dummheit und Vaterhaß. Ich hätte richtig gehört, *Vaterhaß,* sagt Humer und dann: sechzehn Nähmaschinen, Herr Doktor, wenn Sie sich vorstellen, heute schon sechzehn Nähmaschinen und ich dachte, schreibt Enderer, sechzehn Menschen an sechzehn Nähmaschinen, wir liefern auf Vertragsbasis, sagt Humer, schreibt Enderer, auch nach Vorarlberg und nach Salzburg und in neuerer Zeit auch nach Bayern, in Bayern ist die Bestattungswäsche doppelt so teuer als bei uns, sagt Humer, da kann man schon einen höheren Zoll zahlen, an die vierzig Bestattungsunternehmen bezögen Bestattungswäsche aus der Humerschen Werkstatt in der Oberen Saggengasse, schreibt Enderer. Und alles das, was ich in Jahrzehnten aufgebaut habe, wirtschaftet mein Sohn in Gemeinschaft seiner ordinären Frau in der kürzesten Zeit herunter, und geht in die *Kaiserkrone*! sagt Humer, dann weiter Humer: was mich betrifft, ist der Tatbestand folgender: solche

Rede beweist, daß Humer in der kurzen Zeit, in welcher er jetzt bei mir in der Kanzlei ist und wenn es wahr ist, daß ich der erste Anwalt in seinem Leben bin, schreibt Enderer und ich zweifle nicht an seinen Angaben, der Mensch sagt die Wahrheit, und ist von größter Aufmerksamkeit im Zuhören, diese Ohren, habe ich immer den Eindruck, hören alles, auch das, was ich *nicht* sage, daß Humer jetzt schon die Juristensprache vertraut ist und daß er jetzt schon in der Juristensprache spricht, wenn er sagt, mein Tatbestand ist folgender: während ich, wie Sie wissen, und wie ich das tatsächlich schon weiß, denn Humer hat es schon mehrere Male gesagt, während ich, sagt Humer also, dreißig Jahre in Ruhe und Frieden ebenerdig und das heißt, neben dem Geschäft in der Saggengasse meine Wohnung gehabt habe, von den ersten Atemzügen an, sagt er leidenschaftlich, habe ich in dieser ebenerdigen Wohnung gewohnt, noch ein paarmal mit Nachdruck, von den ersten Augenblicken an, dabei zum erstenmal mit den aufeinmal nicht mehr an seinem Wetterfleck festgeklammerten Händen gestikulierend, immer heftiger sprechend und auch seine verhältnismäßig langen Beine ausstreckend, langsam streckte Humer seine verhältnismäßig langen Beine aus, schreibt Enderer, der ganze lange magere Körper löste sich, während der Mann jetzt von seiner ebenerdigen Wohnung in der Saggengasse zu sprechen angefangen hatte, aus einer mindestens einstündigen Verkrampfung, tatsächlich sitzt Humer jetzt schon über eine Stunde in meiner Kanzlei und das, daß er überhaupt hier sitzt, denke ich plötzlich, ist auch nur möglich gewesen, weil ich den Mann ohne zu denken, daß ich ja an diesem Vormittag überhaupt keine Kanzleistunde habe, in die Kanzlei heraufgelassen habe, ohne daran zu denken, heute keine Kanzleistunde!, habe ich den Mann einfach aufgefordert, mit mir herauf in die Kanzlei zu gehn, durch die Art und Weise wie der Mann unten vor der Tür gestanden war, zweifellos auf mich wartend, in etwas Wichtigem, habe ich gedacht, der Mann kommt in einer Wichtigkeit, ohne mich zu fragen, ob es Sinn hat, ob es nützlich ist, den Mann heraufzulassen, habe ich ihn aufgefordert heraufzugehn, schreibt Enderer, Montag ist ja gar keine Kanzleistunde dachte ich, schreibt Enderer und ich sagte plötzlich zu Humer *Montag ist ja gar keine Kanzleistunde!*, darauf reagierte er aber nicht, er saß da, jetzt hoch aufgerichtet, schreibt Enderer, plötzlich mit gerader Wirbelsäule und redete von seiner ebenerdigen Wohnung, eine sehr schöne Wohnung, Herr Doktor, sagte er. Wenn man in einer solchen geräumigen ebenerdigen Wohnung aufgewachsen ist, und jetzt war er wieder beim *Eigentlichen*, schreibt Enderer, kann man nicht von heute auf morgen aus der einem vollkommen angemessenen Wohnung ausziehen. An alles in dieser Wohnung habe er sich von frühester Kindheit an gewöhnt gehabt, schreibt Enderer, alles in dieser Wohnung ist ihm das Vertrauteste und einen Menschen, der gewohnt ist, in einer ebenerdigen Wohnung zu wohnen, kann man nicht nach Jahrzehnten aufeinmal und noch dazu unter den fadenscheinigsten Gründen, aus seiner ebenerdigen Wohnung hinauswerfen, glauben Sie mir, sagte Humer, schreibt Enderer, es gibt nichts Fürchterlicheres. Man hat mich aus meiner ebenerdigen Wohnung hinausgeworfen. Über Nacht. Er, Humer, solle in den ersten Stock hinaufziehen, habe man ihm gesagt, schreibt Enderer und Humer sagt: hinter allem steckt meine Schwiegertochter aus Matrei, denn mein Sohn, Herr Doktor, hätte mich nicht hinausgeworfen, dazu ist er zu schwach, so etwas tut mein Sohn nicht. Aber, schreibt Enderer: die Söhne heiraten, so Humer, und sind bald von der gleichen Rücksichtslosigkeit wie ihre Frauen und das Einheiraten einer solchen wie meine Schwiegertochter bedeutet die Auflösung des Geschäfts, *seine Vernichtung*. Unter dem Vorwand einer Geschäftsvergrößerung (Anschaffung eines doppelt so großen Zellstofflagers!), hat mich mein Sohn gezwungen, aus der ebenerdigen Wohnung aus- und in den ersten Stock hinaufzuziehen. Er hat aber gar kein größeres Zellstofflager angelegt, sagt Humer, dann, nach und nach, sah ich, er legt sich ja gar kein größeres Zellstofflager an und ich machte ihn darauf aufmerksam, daß ich nur, weil er sich ein größeres Zellstofflager anlegen hat wollen, aus der ebenerdigen Wohnung ausgezogen bin, darauf redete er von einer Sargabteilung, die er zu dem Bestattungswäschegeschäft aufmachen wolle, er habe schon um die Konzession angesucht, aber die Landesregierung lasse sich Zeit, schließlich habe ich herausbekommen, daß mein Sohn gar nicht um eine Konzession für eine Sargabteilung angesucht hat. Wie er lügt! sagte Humer, schreibt Enderer. Zuerst, ein größeres Zellstofflager, dann, eine Sargabteilung, dann: Platz für sechs neue Näherinnen!, was aber auch gelogen war, denn bis heute habe ich keine von den sechs neuen Näherinnen gesehen, im Gegenteil, anstatt achtzehn Näherinnen *noch vor zwei Jahren*, beschäftigen wir heute nur sechzehn. Und plötzlich, sagt Humer, schreibt Enderer, daß wir vom Bestattungswäschegeschäft allein nicht mehr leben könnten, solches sagt ein Mensch, der in die *Kaiserkrone* essen geht und nicht allein, sondern zu zweit, und dort Tausende ausgibt! Von dem Augenblick an, in welchem er seine Schwiegertochter ins Haus nehmen habe müssen, sei alles an seinem Sohn nurmehr noch Lüge *und nichts als Lüge* gewesen. Gegen einen Menschen wie meine Schwiegertochter kommt man aber nicht auf, sagt Humer, schreibt Enderer, alles wird nur noch schlimmer. Nun hätte Humer sich aber tatsächlich weigern können, aus seiner ebenerdigen Wohnung auszuziehen, schreibt Enderer, aber eine solche Weigerung geht meistens über die Kräfte eines Mannes wie Humer, wie überhaupt über die Kräfte eines jeden Mannes. Schließlich gehört das Geschäft ja noch mir! sagt Humer. Aber verheiratet sich der Sohn, kann der Vater in seinem Haus nicht mehr tun, was er will. Noch wußte er nicht *das ganze Ausmaß der Katastrophe*, so Humers Worte, die dadurch, daß ich aus meiner ebenerdigen Wohnung ausgezogen und in den ersten Stock hinauf gezogen bin, erst recht sich entwickeln konnte. Erschöpft sagt Humer, schreibt Enderer: und ich bin in den ersten Stock hinauf. Tagelang habe ich mir gesagt, ich gehe nicht hinauf und bin dann doch hinauf gegangen. Und wie ich oben gewesen bin, habe ich gesehen, alles Lüge, nichts als nur Lüge, daß ich einer plumpen Lüge hereingefallen bin. Man hat mir ja nicht vorgeschlagen, auszuziehen, man hat mich hinausgeworfen, regelrecht hinausgeworfen, wiederholte Humer mehrere Male. Schwer, aber doch nach und nach, habe er sich an den ersten Stock gewöhnen können, sagte er, schreibt Enderer und Humer begann den Wetterfleck aufzuknöpfen. Während er den Wetterfleck aufknöpfte, es war jetzt nicht warm, es war heiß, bemerkte ich auf der Innenseite des Wetterflecks ein größeres Schneidersiegel, das gleiche Schneidersiegel, das mir vom Wetterfleck meines Onkels in Erinnerung ist. Oder habe ich mich getäuscht? schreibt Enderer, ist es vielleicht doch nicht das gleiche Schneidersiegel?, dachte ich und schon war das Schneidersiegel nicht mehr zu sehen, denn Humer hatte aufeinmal den Wetterfleck so gefaltet, von der linken und von der rechten Schulter herunter so gefaltet, daß das Schneidersiegel nicht mehr zu sehen gewesen war. Tatsächlich entdeckte er, Humer, schreibt Enderer weiter, sogenannte Ersterstockvorteile. Wie Sie wissen, sagt Humer, ist es in allen diesen Häusern und vor allem in den Saggengassenhäusern ebenerdig feucht, im ersten Stock aber ist es trocken. Sofort habe er eine Linderung seiner rheumatischen (er sagte, eine Besserung meiner rheumatistischen, er sagte nicht rheumatisch, sondern rheumatistisch), also eine Linderung seiner rheumatischen Zustände konstatieren können, schreibt Enderer. Er war zur Überzeugung gekommen, daß es ein Vorteil ist, aus der ebenerdigen Wohnung aus- und in den ersten Stock hinauf gezogen zu sein. Gleich in den ersten Tagen eine Besserung meiner Rückenschmerzen, sagt Humer. Davon sagte ich aber nichts, damit sie (meine Kinder) das nicht ausnützen konnten, denn hätte ich auch nur den geringsten Vorteil zugegeben, sie hätten das sofort ausgenützt. Ich bin aufeinmal imstande gewesen, schneller zu gehen, mich zu bücken und zwar bis auf den Fußboden zu bücken, wozu ich schon Jahrzehnte nicht mehr imstande gewesen war, er erfreute sich ganz allgemein einer größeren und *beinahe schmerzfreien* Beweglichkeit im ersten Stock. Davon sagte ich aber nichts, sagt Humer, im Gegenteil. Auch machte er die Beobachtung, im ersten Stock ist es heller. Man kann Licht sparen, die Luft ist besser, mehr Sauerstoff, geringerer Lärm. Aber daß er den Geschäftsgang und also die Machenschaften, die unten im Geschäft vor sich gingen, nicht mehr so leicht kontrollieren konnte wie von seiner ebenerdigen Wohnung aus, verbitterte ihn. In der Ersterstockwohnung war ich vollkommen abgeschlossen vom Geschäft, damit rechneten sie, sein Sohn und seine Schwiegertochter, daß ich nicht alle Augenblicke vom ersten Stock hinunter kann ins Geschäft, um eine Kontrolle zu machen, das kalkulierten sie alles ein, meine Unbeweglichkeit, die Schwierigkeit, diese steile Treppe auf- und abzusteigen. Alles Berechnung, sagte er. Betrug und Berechnung. Ich war abgeschlossen im ersten Stock, ja ich hörte von dort oben aus nicht einmal das Klingeln an der Geschäftstür, sagt Humer, das vergrößerte meinen Verdacht. Ungestört konnte sich der Betrug unter mir, der ich im ersten Stock oben saß, ausbreiten, und *wie* sich der Betrug unter mir ausbreiten konnte, das sehen Sie ja an den Papieren, die ich mitgebracht habe. Durch den verheerenden Einfluß seiner Frau war mein Sohn aufeinmal *zu allem* fähig. Hinter Lügen verschanzt alles, sagt Humer, schreibt Enderer. Eine ungeheure Verheimlichungstaktik, sagt Humer. Abgesehen davon, hatte er sich aber *über Anfangsschwierigkeiten weg* rasch an den neuen Zustand, wohnen im ersten Stock, gewöhnt. Aber, was er mir vorher schon gesagt und was ich schon längst notiert hatte, schreibt Enderer, nach drei Monaten ist mir nahegelegt worden, ich solle aus dem ersten Stock aus- und in den zweiten Stock hinauf ziehen, aufeinmal sollte ich auch aus dem ersten Stock ausziehen und in den zweiten hinauf, sagt Humer, schreibt Enderer. Überall Haß gegen mich, meines Sohnes Haß, meiner Schwiegertochter Haß. Einzig und allein mein Aufundabgehen an der Sill, sagte Humer, schreibt Enderer, sonst nichts als Haß gegen mich, *der ich noch da bin.* Ein Kind komme, hieß es. Gerade davor hatte ich wie vor nichts Angst, Herr Doktor, so Humer, schreibt Enderer, daß der Augenblick kommt, in welchem von einem Kind die Rede ist, ist ein Kind da, trennen sich die Eheleute nicht mehr so leicht, aber auch ohne Kind hätten sie sich nicht mehr getrennt, denn meine Schwiegertochter ist die Berechnendste, sagte Humer. Ein Kind also und man komme mit dem vorhandenen Wohnraum, ist das Kind da, nicht mehr aus, jetzt war es das bevorstehende Kind, zuerst war es ein anzulegendes Zellstofflager, dann ein Sarglager gewesen, aber während Zellstoff- und Sarglager Lüge gewesen waren, sagt Humer, glaubte ich doch an das Kind. Keine Nacht Schlaf, sagt Humer, schreibt Enderer, ein Kind, ein Kind. Ich wehrte mich aber nicht lange und zog noch den gleichen Tag in den zweiten

Stock, so Humer, die Schwierigkeit war gewesen, mit den Möbelstücken über die doch recht schmale Treppe vom ersten in den zweiten Stock hinauf zu kommen, tatsächlich brachten sie aber alle Möbelstücke in den zweiten Stock hinauf, ich zweifelte nicht einen Augenblick an dem Kind, sagt Humer, ich mußte ja daran glauben, das Kind war ja schon da, wie ich aufeinmal gesehen habe, *ist* das Kind ja schon da, es sei *so vieles auf so schmerzhafte Weise absurd,* sagte ich, schreibt Enderer, darauf Humer: das Enkelkind kam, aber ich habe natürlich nicht eingesehen, warum ich wegen des Enkelkinds in den zweiten Stock ziehen habe müssen, aber ich hatte mich mit der Tatsache abgefunden, endgültig im zweiten Stock zu sein, das war mein Opfer, Herr Doktor, sagt Humer, schreibt Enderer, wenn mir auch nicht klar werden wollte, warum. Im zweiten Stock ist es noch trockener als im ersten und die Luft ist im zweiten noch besser als im ersten und der Lärm kaum mehr zu hören. Aber das mich noch immer und das heißt jetzt, nachdem ich auf die Machenschaften meines Sohnes und meiner Schwiegertochter gekommen bin, mit noch viel größerer Intensität als vorher interessierende Geschäft unten, und alles mit dem Geschäft unten zusammenhängende war mir jetzt oben noch weiter entglitten, zu mühselig, um alle Augenblicke hinunter zu gehn, sagt Humer, schreibt Enderer, auch zu auffällig, andauernd hinunter und wieder herauf und wieder hinunter und wieder herauf zu gehn, vor allem, was das heißt, sagt Humer, unter ihren haßerfüllten Blicken!, so kam ich also kaum mehr in das Geschäft, und wenn, dann doch nur für einen Augenblick um meine Indizien, meinen Verdacht ihren Betrug betreffend zu vermehren, Gefälschtes, sagt Humer, schreibt Enderer, an mich zu nehmen, Abschriften zu machen in aller Eile und mit großer Vorsicht unbemerkt, was das schwierigste gewesen ist, denn mein Sohn und meine Schwiegertochter hatten ja längst umgekehrt Verdacht geschöpft, daß *ich* Verdacht habe ... in der Nacht beschäftigten mich dann ausschließlich diese Papiere, sagt Humer, weil man mich im zweiten Stock in Ruhe ließ, vollkommen ungestört, sagt Humer, das sicher ein Vorteil, sagt Humer, schreibt Enderer, der plötzlich ausruft: *alles gefälscht! Einfach alles gefälscht! Die ganze Buchhaltung gefälscht! Und nicht, wie man annehmen möchte, Fälschungen gegen die Finanzbehörde, nein, Fälschung gegen mich!* Es ist mir nichts anderes übrig geblieben, als mich an Sie zu wenden, sagt Humer zu mir, schreibt Enderer. Das ganze muß vor Gericht, sagt er, alles vor Gericht, wer denkt da noch an Rücksicht, wo es sich um ein Komplott gegen den eigenen Vater handelt! Natürlich, der zweite Stock ist der idealste, habe ich *gedacht,* aber nichts davon *gesagt.* Im Gegenteil. Er schwieg und spielte, was er in der Zwischenzeit mit Könnerschaft erlernt gehabt hatte, Opfer. Die Beschwerlichkeit, die unmenschliche Anstrengung, in den zweiten Stock hinauf und wieder vom zweiten Stock herunter zu steigen, er nahm sie in Kauf. Keine Lifte, wie Sie wissen, in der Saggengasse keine Lifte, sagt Humer. In den zweiten Stock lud ich mir meine alten Freunde ein, sagt er, schreibt Enderer, die bestärkten ihn nicht nur in dem Verdacht, daß man ihn betrügt, was ja offensichtlich gewesen ist an Hand unzähliger, jetzt auf meinem Schreibtisch liegender Beweise, sondern in der Absicht, mit der ganzen Sache zu einem Anwalt und das heißt, vor Gericht zu gehn. Ich habe ja schon jahrelang nicht mehr nur von Verdacht sprechen können, sagt Humer, das halte ich meiner Aufmerksamkeit zugute, meiner Liebe zum Geschäft in der Saggengasse, plötzlich rief er aus: *die Liebe zu meinem Geschäft hat mir kein Mensch nehmen können!* schreibt Enderer, dann, schreibt Enderer, setzt Humer sich in den Sessel und wickelt sich, so gut es geht, in den Wetterfleck ein. Jetzt wirst du das Schneidersiegel nicht mehr sehen, dachte ich, schreibt Enderer, alles deutet darauf hin, daß er den Wetterfleck nicht mehr auszieht, im Gegenteil, er wird sich von jetzt an nur noch mehr in den Wetterfleck einwickeln, mehr und mehr einwickeln in den Wetterfleck, während Humer noch ein mit Haushaltsspagat zusammengeschnürtes Paket aus dem Wetterfleck hervorholte und auf meinen Schreibtisch legte. Alles weitere Beweise, alles weitere Indizien, sagte er, schreibt Enderer. Und jetzt notieren Sie, sagt Humer, schreibt Enderer und Humer eröffnete mir zum erstenmal: vor einer Woche ist mir plötzlich gesagt worden, ich solle *auch aus dem zweiten* Stock ausziehen und *in den dritten* Stock. Mein Sohn machte mir den sonderbaren Vorschlag, wie ich gerade mit der Lektüre von Zellstoff- und Preßpapierprospekten beschäftigt bin. Nicht einen Augenblick zweifelte ich daran, daß, während mein Sohn mich aufforderte, aus dem zweiten Stock auszuziehen, mich in Wirklichkeit, durch seinen unverschämten Mund allerdings, sagt Humer, mich meine Schwiegertochter dazu aufforderte. Ja, habe ich gesagt, sagt Humer und er habe sich dabei bemüht, ruhig zu bleiben, nicht in Erregung zu kommen, ja, also auch aus dem zweiten Stock heraus und in den dritten! Und er habe mehrere Male wiederholt: und in den dritten, und in den dritten, weil, inzwischen waren noch zwei geboren, ein viertes Kind kommt ... ein viertes Kind, sagt Humer zu mir, schreibt Enderer, ist das nicht unsinnig? Ist das nicht unsinnig und stumpfsinnig zugleich? Mehrere Male sagt Humer zu mir: ist das nicht vollkommener Stumpfsinn? Ein Verbrechen, ein viertes Kind! sagt Humer, schreibt Enderer. In diesen Zeiten, habe ich gesagt, so Humer, schreibt Enderer, in welcher um Hunderte Millionen Menschen zuviel sind, ein viertes Kind? Dann soll er, seiner Angabe nach, mehrere Male ausgerufen haben: ein viertes Kind! Ein viertes Kind! Ein viertes Kind! Und ein fünftes Kind! Und ein sechstes Kind! Und ein siebtes Kind! Und ein achtes Kind! Und so fort! Und so fort! Mehrere Male: Und so fort! Und so fort! Von unten herauf hörte ich die Schwiegertochter, sagt Humer, schreibt Enderer, wie sie sagt: wenn er nicht in den dritten Stock hinauf geht, muß er ins Altersheim! Das hörte ich von unten herauf, sagt Humer, schreibt Enderer. Und mein Sohn sagt, sagt Humer: du ziehst in den dritten Stock! Darauf habe er, Humer, die Beherrschung verloren und so laut er konnte, geschrien: ein viertes Kind! Ein viertes Kind! In den dritten Stock! In den dritten Stock! Ein viertes Kind! Ein fünftes Kind! usf. und dann nur noch: Kinder! Kinder! Kinder!, bis zur völligen Erschöpfung, schreibt Enderer, dann sagt Humer, schreibt Enderer: dein Sohn versteht dich nicht, er versteht dich nicht mehr, habe ich denken müssen und: was diese Frau aus deinem Sohn gemacht hat. Und Humer stand auf, schreibt Enderer und fing an, in der Kanzlei hin und her zu gehen, ab und zu zeigte er auf die mitgebrachten Papiere auf meinem Schreibtisch und sagte: *alles schon durch und durch kriminalistisch, alles schon durch und durch kriminalistisch. Alles schon fürs Gericht! Kein Zurück*, sagt er, *kein Zurück.* Plötzlich, sagt Humer, schreibt Enderer, habe ich gesagt: *nein, in den dritten Stock nicht, in den dritten nicht.* Kategorisch! *Nicht in diese menschenunwürdigen Kammern!* habe ich gesagt, sagt Humer, so Enderer, *nicht in diese finsteren Schlupfwinkel* hinauf. Dann sei er weggegangen, an die Sill und dann stundenlang an der Sill auf und ab, so Enderer, dann Humer, wie Enderer schreibt: und wie ich nach Hause gekommen bin, hat mein Sohn schon den Großteil meiner Sachen in den dritten Stock und das bedeutete, auf den Dachboden hinauf geschleppt gehabt. Sofort habe ich gesehen, sagt Humer, schreibt Enderer, der hat schon beinahe alle deine Sachen in den dritten Stock geschleppt, alles hinaufgeschleppt. Und da haben sie, mein Sohn und meine Schwiegertochter, auch schon angefangen, meine Möbelstücke vom zweiten Stock in den dritten Stock hinauf zu schleppen, wenn Sie in der Saggengasse wohnen, sagt Humer zu mir, schreibt Enderer, dann wissen Sie ja, wie der dritte Stock aussieht, in der ganzen Saggengasse schaut es im dritten Stock so aus, für Wohnzwecke vollkommen ungeeignet, das mehrere Male: *für Wohnzwecke vollkommen ungeeignet. Herrichten, bewohnbar machen*, sagten sie, sagt Humer. Und alles mußte *sofort* sein, alles *sofort.* Die Möbelstücke und den Vater gleich hinauf auf den Dachboden, Herr Doktor, sagt Humer, schreibt Enderer. Notdürftig haben sie mir zwei Spanische Wände auf dem Dachboden aufgestellt und mir einzureden versucht, der Dachboden sei bewohnbar. Bis es kalt wird und zu schneien anfängt, haben wir hier heroben alles wintersicher gemacht, sagt mein Sohn, sagt Humer, schreibt Enderer, man kann dann heizen heroben, sagt mein Sohn. Und stellen Sie sich vor, sagt Humer, die ganze Zeit während mein Sohn und seine Frau meine Möbelstücke auf dem Dachboden hin- und herrücken, kann ich nicht sprechen, *als ob ich die Sprache verloren hätte*, sagt Humer, ich *will*, aber *kann* nicht sprechen, ich stehe eingewickelt in den Wetterfleck da und kann nichts sagen. Und *wie* ich aufeinmal schweigen habe müssen! sagt Humer. Dieser grauenhafte, ekelerregende Dachbodengeruch, den ich von Kindheit an gehaßt habe, sagt Humer. Alles Moder, alles Schmutz und Moder. Fortwährend sagt mein Sohn das Wort *umbauen,* sagt Humer, schreibt Enderer, immer wieder *umbauen, heizbar machen.* Schließlich haben sie alle meine Möbelstücke auf dem Dachboden gehabt und mir auch noch das Bett gemacht, und ich habe zuschauen müssen, *unbeweglich,* mir war es nicht möglich gewesen, sie zu verjagen, kein Schritt, kein Wort, sagt Humer, schreibt Enderer. Während des Umbaues solle ich zu meiner Schwester nach Hall, haben sie gesagt, sagt Humer, schreibt Enderer, du fährst in der Zwischenzeit nach Hall, höre ich meinen Sohn, sagt Humer. Aber ich habe gedacht, ich fahre nicht nach Hall, nicht nach Hall, nicht nach Hall, habe ich gedacht. Immer wieder: *nicht nach Hall.* Und plötzlich: jetzt vor Gericht!, jetzt einen Anwalt aufsuchen und vor Gericht! und er sei aus dem Haus gegangen und die ganze Saggengasse bis zum Ende und in ein Gasthaus in der Gänsbacherstraße und sei mehrere Male an die Sill und wieder zurück und an den Inn und wieder zurück und habe schließlich in dem Gasthaus in der Gänsbacherstraße übernachtet. Zweimal sei er schon hier in der Herrengasse gewesen und habe auf mich gewartet. *Zu diesem Anwalt,* habe er sich gedacht, er weiß nicht, warum, aber immer wieder, *zu diesem Anwalt,* immer wieder: *zum Enderer.* Die ganzen Tage habe ich die ganzen Papiere an meinem Körper, sagt Humer, schreibt Enderer, immer unter dem Wetterfleck versteckt, diese Indizien, sagt er und dann: wenn diese Papiere nicht ausreichen! darauf ich, schreibt Enderer: natürlich, aus den Papieren geht ja alles ganz einwandfrei hervor. *Einen Prozeß machen, einen Prozeß machen,* habe er sich immer wieder gesagt, meinem Sohn und meiner Schwiegertochter einen Prozeß machen. Plötzlich stand er auf und ging weg, schreibt Enderer. Herr Humer! hatte ich ihm nachgerufen, weil ich vergessen hatte, ihn die Generalvollmacht unterschreiben zu lassen, Herr Humer!, aber da war er schon weg, unten. Er wird wiederkommen, dachte ich und ich ging an die Erledigung meiner wochenlang so vernachlässigten Arbeit. Währenddessen aber dachte ich doch nur an Humer. Mehrere Verbrechen und Vergehen, dachte ich, wie sie unter den Einzelhändlern an der Tagesordnung sind einerseits, gegen Humer andererseits und mehr und mehr ärgerte mich, daß ich Humer dann doch nicht nach der Herkunft seines Wetterflecks gefragt habe. Darauf hatte ich dann doch, obwohl ich es mir fest vorgenommen gehabt habe, vergessen. Das Schneidersiegel ist der Beweis, dachte ich. Was hatte Humer gesagt? Lange Zeit bin ich vor Ihrer Tür gestanden und habe auf Sie gewartet, sagt Humer, schreibt Enderer, das habe ich noch im Ohr, Enderer, *läuten oder nicht läuten,* hat er gedacht, *ich läute nicht* einmal, dann wieder, *ich läute* und immer wieder *nur zum Enderer* und *ist es vernünftig?* oder *ist es nicht vernünftig?,* bis ich dann doch geläutet habe ... da habe ich mit Ihnen in die Kanzlei heraufgehen *müssen,* wie Sie aufeinmal vor mir gestanden sind ... *einen Prozeß machen gegen meinen Sohn!* hat Humer gesagt, schreibt Enderer. Zuerst macht man Andeutungen, dann das Ganze, denke ich, schreibt Enderer, es ist immer das gleiche, die Wahrheit wird gesagt und doch nicht die Wahrheit ... ich hätte nicht zu Ihnen heraufkommen sollen, sagt Humer mehrere Male, erinnere ich mich, schreibt Enderer, nicht in diesem Zustand und er sagt: nicht an die Öffentlichkeit! denn nichts sei fürchterlicher, als, gleich mit was, an die Öffentlichkeit zu gehen, das fühle er, Humer, aber er ziehe nichts zurück, er betreibe jetzt nurmehr noch alles, halte nichts mehr auf, halte sich vor nichts mehr zurück, schrecke vor nichts mehr zurück ... *Ich hätte Sie nicht belästigen sollen,* einerseits, und *ich bin an die Öffentlichkeit gegangen* andererseits ... wie sollten Sie einem alten Mann in seiner Verzweiflung auch helfen können, dann wieder: was mich betrifft, ist es vielleicht doch das Unbedeutendste einerseits, es bringt mich um, andererseits, schreibt Enderer über Humer. Es sei alles falsch, was die Menschen angehen und was sie dann machen und entwickeln wollen und wenn man es gründlich bedenkt, ist das ganze Leben falsch ... fassen Sie das ganze als Episode auf, hat Humer auch gesagt, schreibt Enderer, als eine Sie überhaupt nichts angehende Episode ... zwanzig Jahre sind wir aneinander vorbeigegangen und haben uns nicht kennengelernt und jetzt haben wir uns kennengelernt ... *ich will aber nichts rückgängig machen,* mehrere Male, mehrere Male ganz entschieden: *ich will aber nichts rückgängig machen* ... wie er gesagt hatte: *das ist das Fürchterlichste, an die Öffentlichkeit gehen,* gleich wieder: *ich will aber nichts rückgängig machen!* schreibt Enderer und macht uns auf eine Meldung in den »Tiroler Nachrichten« vom vergangenen Dienstag aufmerksam, in welcher steht, der Geschäftsmann H. habe sich vergangenen Freitag in der Saggengasse aus dem dritten Stock gestürzt. Sofort denke ich, das ist Humer, schreibt Enderer und ich bin der Sache nachgegangen und tatsächlich hat sich Humer am Freitag vergangener Woche aus einem Dachbodenfenster seines Hauses gestürzt. Er sei sofort tot gewesen, schreibt die Zeitung, schreibt Enderer. Was ihm aber, schreibt Enderer und uns darauf aufmerksam zu machen, sei ihm Verpflichtung, was ihm, Enderer, aber keine Ruhe gelassen habe, nachdem er die Zeitungsnotiz gelesen hat, wäre nicht Humer gewesen, nicht diese, wie Enderer schreibt, allem Anschein nach außergewöhnliche und zwar außergewöhnlich niederschlagende, in Wirklichkeit aber doch ganz alltägliche Lebensgeschichte eines letztenendes ganz einfachen Menschen, sondern der Wetterfleck, den der Mensch, Humer, angehabt habe und er, Enderer, habe sich angezogen, es sei schon vier Uhr nachmittag und also schon finster gewesen, man weiß, die Novembertage sind kurz und sind eigentlich gar keine Tage, und sei in die Obere Saggengasse gegangen in das Bestattungswäschegeschäft Humer hinein und habe sofort gesagt, wer er, Enderer, sei und daß er wegen des Wetterflecks des Verstorbenen komme. Bei dem Wetterfleck des Verstorbenen, ich sagte natürlich nicht *Selbstmörder,* schreibt Enderer, handele es sich um den Wetterfleck meines vor acht Jahren in der Sill ertrunkenen Onkels Worringer, sagte ich. Durch Zufall sei mir der Umstand bekannt, daß es sich bei dem Wetterfleck des Verstorbenen um den Wetterfleck meines Onkels handle. Ich sagte nichts von Humers Besuch in meiner Kanzlei, weil ich die ganze Sache als für mich abgeschlossen betrachtete, schreibt Enderer. Der junge Mann im Geschäft, zweifellos der Sohn des Verstorbenen, tat so, als seien ihm die mit dem Wetterfleck seines Vaters und also mit dem Wetterfleck meines Onkels Worringer zusammenhängenden Umstände bekannt und er sagte, ja, der Wetterfleck ist vor ein paar Jahren an der Sill angeschwemmt worden. Darauf, schreibt Enderer, ich: Ihr Herr Vater ist, wie ich weiß, tagtäglich an der Sill auf und ab gegangen. Ja, sagt der junge Mann und greift an den Kleiderständer und händigt mir ohne Umstände den Wetterfleck des Verstorbenen aus …

Jauregg

Meine Ankunft in Jauregg, abends, gegen acht Uhr, vor drei Jahren, denke ich, hat zu Hoffnungen berechtigt, die sich nicht erfüllt haben, im Gegenteil, meine Lage hat sich von dem Augenblick an, als ich den jaureggschen Boden betrat, nur verschlimmert. Ein Grund, warum ich aus der Stadt fort bin, war ja wohl der ungeheuere Überfluß an Menschen gewesen, in welchem ich meiner Schutzlosigkeit in den Körper- und Nervenzentren, meines Mangels an Sinnmöglichkeiten wegen schier zu ersticken drohte. Die Vorstellung, an jedem Tag in der Frühe während des Aufwachens unter der Last von einer Million und siebenhunderttausend Menschen mein Tagwerk verrichten zu müssen, hat mich beinahe umgebracht. So habe ich den plötzlichen Entschluß, die Stadt zu verlassen und das Angebot meines Onkels, des Herrn von Jauregg, in das Hauptcomptoire seiner Steinbrüche einzutreten, als eine positive Wendung für meine Weiterentwicklung genommen. Jetzt aber sehe ich, daß die Verhältnisse auf dem Land noch viel bedrückender sind als diejenigen in der Stadt, und daß vierhundert Menschen in den jaureggschen Steinbrüchen eine viel größere Last auf dem Kopf eines Menschen wie ich darstellen als eine Million und siebenhunderttausend in der Stadt. Und hatte ich geglaubt, im Gegensatz zu den Verhältnissen in der Stadt, wo mir die Anknüpfung neuer Kontakte in einem Zeitraum von beinahe zehn Jahren nicht mehr möglich gewesen war, solche auf dem Lande finden zu können, so habe ich schon bald einsehen müssen, daß ich, indem ich in die Dienste der jaureggschen Steinbrüche trat, einem Irrtum zum Opfer gefallen bin. Hier sind keine Kontakte zu Menschen zu knüpfen, denn die Verhältnisse, die hier herrschen, und die Menschen, die hier in den jaureggschen Steinbrüchen leben, machen die Anknüpfung von Kontakten, wie ich sie wünsche, unmöglich. Vor allem ist das hier von jedem einzelnen als die hervorragendste Kunst entwickelte Mißtrauen gegen alles schuld an der völligen Kontaktlosigkeit zwischen allen in den jaureggschen Steinbrüchen Beschäftigten. War ich mir in den ersten Stunden meines Aufenthaltes in den Steinbrüchen sicher gewesen, in Kürze gefunden zu haben, was ich suchte, Anschluß an Menschen, so habe ich bald eingesehen, daß es mir nicht möglich sein würde, einen wenigstens beruhigenden Gesprächspartner zu finden für meine langen Abende, von den schlaflosen Nächten abgesehen. Noch nie waren mir Menschen mit einer solchen verletzenden Ablehnung wie die in den jaureggschen Steinbrüchen begegnet. Daß es möglich ist, einen Hilflosen, Hilfesuchenden auf solche, wie ich denke, niederträchtige Weise für seine Hilflosigkeit zu bestrafen, indem man ihn nicht nur nicht an sich herankommen läßt, sondern sich ihm jedesmal bei der geringsten Annäherung, bei dem Versuch auch nur der geringsten Annäherung, sich ihnen anzuschließen, durch unflätiges Schweigen oder durch unflätige Äußerungen vor den Kopf zu stoßen, entsetzte mich. Zuerst habe ich geglaubt, ihr unmenschliches Verhalten meiner Person gegenüber beruhe auf der Tatsache, oder hinge mit der Tatsache zusammen, daß ich ein Neffe des Herrn von Jauregg bin, aber bald habe ich eingesehen, daß dieses, ich muß gestehen, entsetzliche Verwandtschaftsverhältnis in dieser Beziehung überhaupt keine Rolle spielt. Ich verlor und profitierte dadurch nichts. Ich entdeckte, daß alle zu allen gleich sind, was mich, ich erinnere mich genau, für Augenblicke erleichterte, für den Rest meines Aufenthaltes in den Steinbrüchen aber, unter Umständen, wie ich befürchte, für mein ganzes, mir noch zur Verfügung stehendes Leben in das größte Unglück gestürzt hat. Man muß wissen, daß hier zwischen Männern und Frauen zum Beispiel, abgesehen von den natürlichen mechanisch-körperlichen, überhaupt keine Unterschiede bestehen; die Kinder üben nicht im geringsten die von ihnen erwarteten natürlichen Funktionen zwischen Männern und Frauen aus, alle sind hier in den jaureggschen Steinbrüchen gleich, wenn auch jünger oder älter, so doch vollkommen gleich ... Auch was ihre Gesichter betrifft, unterscheiden sie sich nicht im geringsten voneinander, ihre hoffnungslose Physiognomie ist die gleiche, die Art, wie sie gehen, wie sie sprechen, wie sie schlafen, sich fortwährend Nahrung beschaffen. Alle haben sie die grauen jaureggschen Arbeitskleider an, die jaureggschen Arbeitsschuhe, die jaureggschen Arbeitskappen auf. Alle werden sie von der jaureggschen Büroapparatur vollkommen gleich behandelt. Und nicht wie sonst, wo Menschen zusammen sind, geben sie sich auf jedem Platz, zum Beispiel auf dem Arbeitsplatz und in der Kantine, entsprechend anders, sie geben sich immer gleich. Die Versuche von seiten des Betriebsrates oder aber auch von seiten meines Onkels, die eintönige Atmosphäre in den jaureggschen Steinbrüchen aufzulockern, indem man zum Beispiel von Zeit zu Zeit einmal eine Gruppe Volkstänzer oder einen kleineren Zirkus engagiert, oder einen Komiker, wie den steierischen, der heute abend auftritt, sind umsonst. Denn hier herrscht eine generelle Kraftlosigkeit und ein genereller Wille zu nichts. Aber diese Gedanken lenken mich nur von dem einen und einzigen, den ich habe, von dem ununterbrochenen, von dem Gedanken an meinen Onkel, ab. Wie sehr ich auch wünsche, von diesem Gedanken abgelenkt zu sein, Tag und Nacht denke ich, was ich auch denke, womit immer ich mich beschäftige, an meinen Onkel und wie ich ihm, der am Tod meiner Mutter schuld ist, zu begegnen habe. Diese Schuld meines Onkels am Tod meiner Mutter ist es ja hauptsächlich, die mich in die Steinbrüche hat gehen lassen ... Nichts sonst. Das ist die Wahrheit. Und ich denke: in den drei Jahren, die ich in Jauregg bin, habe ich meinen Onkel nur ein einziges Mal gesehen, ich durfte an einem Mittagessen teilnehmen, das er für einen Wiener Geschäftsmann in der Kantine gegeben hat, aus Anlaß eines größeren Auftrages, den er dem Wiener Geschäftsmann verdankte. Während des ganzen Essens hatte er sich mir nicht ein einziges Mal zugewendet und mich in die Unterhaltung mit seinen Besuchern – es waren außer dem Wiener Geschäftsmann noch zwei Herren, ihm befreundete Fabrikanten, dabeigewesen – absichtlich nicht mit einbezogen. Ich habe mich damals gefragt, warum er mich an dem Essen hatte teilnehmen lassen. Immer wieder fragte ich mich nach dem Grund, ohne jedoch einen zu finden. Nachdem er mich den Herren mit den Wörtern »Mein Neffe« vorgestellt hatte, würdigte mich mein Onkel keines Blickes mehr. Das Essen, fällt mir ein, hat genau drei Tage nach meinem Dienstantritt in den Steinbrüchen stattgefunden. Ich erinnere mich, daß ich während des ganzen Essens darauf gewartet hatte, von meinem Onkel gefragt zu werden, wie es mir ginge, wenigstens, ob ich mich schon eingewöhnt habe. Wo sich meine (bescheidene) Unterkunft befinde. Ob man mir bei meinem Eintreten zuvorkommend begegnet sei. Ich war damals krank, und ich habe mir am Tisch gesagt, jetzt, wo du sein Angebot angenommen und den Dienstvertrag unterschrieben und die Arbeit angefangen hast, hat er dich »fallengelassen«. Man muß sich vorstellen, das Essen dauerte eineinhalb Stunden, und mein Onkel hat kein einziges Wort mit mir gesprochen. Wohl, weil er sie beherrschte, ohne daß sie es merkten, hatten auch die Wiener Herren kein Wort für mich übrig gehabt, abgesehen von dieser Taktlosigkeit haben sie mich mehrere Male unter dem Tisch mit ihren Füßen angestoßen, ohne irgendeine Entschuldigung. Warum mir gerade jetzt dieses Essen einfällt, weiß ich nicht. Seither sind drei Jahre vergangen, und ich habe meinen Onkel nicht ein einziges Mal mehr gesehen, obwohl ich weiß, daß er alle zwei oder drei Wochen in den Steinbrüchen Inspektion macht. – Ich selbst gehe ihm aus dem Weg; wenn ich höre, daß er kommt, gehe ich dorthin, wo er mich nicht findet. Wenn er mich ein einziges Mal hätte rufen lassen! denke ich. Es gibt Räume in der Bürobaracke, die er nicht betritt, ja, von denen er gar nichts weiß, dahin ziehe ich mich zurück, wenn er kommt ... Jedesmal, wenn er fort ist, wenn ich im Büro zurück bin, frage ich, ob mein Onkel nach mir gefragt habe, und jedesmal bekomme ich als Antwort zu hören, er habe nicht nach mir gefragt. Mit meiner Arbeit ist er zufrieden, weil der Bürovorsteher damit zufrieden ist. Aber einmal werde ich ihm gegenübertreten müssen und ihm sagen ... denke ich. Ich habe Angst, ihm zu begegnen, ich könnte nicht schweigen, die Wahrheit aber muß ihn verletzen, wenn sie ihn nicht wenigstens verletzt, wenn ich nicht wenigstens ... Aber tatsächlich habe ich mich schon längst damit abgefunden, mich vor ihm gänzlich zurückzuziehen, und die Wahrscheinlichkeit, daß ich ihm auf einmal gegenüberstehe, alles, nur nicht die Wahrheit sage, nicht sage, was ich über ihn denke, daß ich ihn nicht verletze, daß ich ihn nicht einmal irritieren werde, daß ich dann zu schwach bin, ist größer als die Wahrscheinlichkeit, daß ich offen und also stark bin, wenn es darauf ankommt ... Wenn ich, innerhalb der Kraftlosigkeit, aus der ich ja nicht mehr heraus kann, nur ein einziges Mal die Kraft hätte, meinem Onkel ins Gesicht zu sagen, was ich über ihn denke, was ich in bezug auf das Verhältnis zwischen ihm und meiner Mutter, die sich jetzt nicht mehr wehren kann, über ihn denke! Es ist aber für mich bereits eine Unmöglichkeit, an meinen Onkel heranzukommen ... Warum aber, denke ich, habe ich sein Angebot, in den Steinbrüchen zu arbeiten, unter allen diesen fürchterlichen Umständen und Voraussetzungen angenommen? Warum bin ich überhaupt *da*? Und, denke ich, warum habe ich ihm nicht zu dem Zeitpunkt, als er mir das mündliche Angebot, in die Steinbrüche zu gehen, gemacht hat (»Geh doch in meine Steinbrüche!«), ich habe noch seinen väterlich-zynischen Ton im Ohr, die Wahrheit ins Gesicht gesagt und mich *damals, nicht jetzt,* jetzt ist es zu spät, für alle Zeit in die Erinnerung entsetzlicher Wahrheit gerufen? War ich schon damals, als es zu der zufälligen Zusammenkunft zwischen meinem Onkel und mir im Hause seines Schwagers gekommen war, ein Opfer meiner Kraftlosigkeit gewesen? Wenn ich, denke ich, über meine Lage, über meinen damaligen entsetzlichen Geistes- und Körperzustand vor den beiden Männern geschwiegen hätte ... Oder wenn ich wenigstens sein Angebot, in den Dienst der Steinbrüche zu treten, sofort und ohne Umschweife abgelehnt hätte ... Aber ich habe meinen Onkel, nicht mehr Herr meiner Verzweiflung, in mich hineinschauen lassen ... Den Feinden, vor allem seinen Feinden, öffnet ein Mensch wie ich aus Ungeschicklichkeit, aus plötzlicher Verstandes- und Körperschwäche, ständig Tür und Tor. Wahrscheinlich habe ich, um mich, nicht meinen Onkel, zu strafen, ohne zu wissen, wofür zu strafen, mich einer tödlichen Züchtigung ausliefernd, das Angebot meines Onkels, mich um die menschenunwürdigste Billigkeit in die jaureggschen Steinbrüche hinein zu verkaufen, angenommen und bin auch gleich in das Comptoire eingetreten ... Möglicherweise rührt gerade von diesem meinem Entschluß, mich meinem Onkel *auszuliefern,* seine Verachtung mir gegenüber her, die er mich während des Essens für die Wiener Geschäftsleute so deutlich hat spüren lassen ... Gerade um mir seine Verachtung zeigen zu können, hat er mich zu dem Essen eingeladen ... Es besteht ja die Möglichkeit, daß er damit gerechnet hat, daß ich sein Angebot, in die Steinbrüche arbeiten zu gehen, ablehne ... So viele Möglichkeiten ... Aber der Grund, mich zu dem Essen mit den Wiener Geschäftsleuten einzuladen, war sicher der, mich auf längere Zeit zu verletzen, möglicherweise beabsichtigte er damals sogar meine völlige Zerstörung ... In mir sah er zeitlebens immer alle Verbrechen, die er an meiner Mutter begangen hatte ... Aber um das Verhältnis meines Onkels zu meiner Mutter genauer charakterisieren zu können, müßte ich in Gedanken weit in beider Kindheit zurückgehn. Mein Gehirn besitzt ein ganzes, in Hunderte von Abteilungen gegliedertes Archiv, dieses Verhältnis betreffend ... Schon vor seiner Geburt war mein Onkel von der Natur ausersehen, dazu bestimmt gewesen, das Leben meiner Mutter systematisch zu zerstören, sie eines grauenhaften Sterbens *immer immer noch* leben zu lassen. Die ganze Grauenhaftigkeit, die die Natur in ihn gelegt hatte, entwickelte mein Onkel durch seine hohe Intelligenz langsam und mit immer noch größerer Raffinesse zur planvollen Vernichtung seiner Schwester, meiner Mutter ... Der Höhepunkt dieses Vernichtungskonzeptes, besser Vernichtungsprozesses, war dann die Nacht, die meine Mutter mit meinem Onkel zusammen im Forsthaus verbracht und nach welcher sie sich auf die bekannte fürchterliche Weise das Leben genommen hat. Kein Mensch kennt die Vorfälle im Forsthaus in dieser Nacht, und doch sind sie mir in jahrelanger Schlaflosigkeit bis in die kleinsten Einzelheiten bekannt und bewußt geworden. Mit der Zeit habe ich meine Nachforschungen in dieser Hinsicht zu entsetzlichen Ergebnissen machen können, zu solchen Ergebnissen aber, die mich, anstatt nun endlich, wie es mein Onkel verdiente, handlungsfähig, vollkommen handlungs*unfähig* machen ... Es ist jetzt wohl ein Grad der Erschütterung eingetreten, der mich völlig ohnmächtig gemacht hat ... Ich existiere schon lange Zeit nurmehr noch in Anbetracht, im Anschauen dessen, was damals, an dem 7. Juli vor vier Jahren im Forsthaus vorgefallen ist ...

Aber ich existiere gleichzeitig in einer jede Aktivität ausschließenden Ohnmacht ... So kommt es, daß ich der ganzen lächerlichen Alltäglichkeit, die hier herrscht, völlig ausgeliefert bin ... Und Tag und Nacht frage ich mich, immer wieder Tag und Nacht, *ob* einmal geschehen wird, was geschehen *müßte* ... Was suche ich da, ich frage mich das ununterbrochen, hier, da, in den jaureggschen Steinbrüchen, wenn nicht alle erdenklichen Mittel gegen meinen schon immer, so weit ich zurückdenken kann, von mir gehaßten Onkel? Nein, auch ich gehe ja unter seinem Einfluß zugrunde, genauso, wie meine Mutter unter seinem Einfluß zugrunde gegangen ist ... Und ich denke, während ich wie tagtäglich, meiner Gewohnheit nachgehend, unmittelbar nach Büroschluß vor der Baracke auf- und abgehe, daß ich, so denke ich, heute, an diesem finsteren grauen Tag verzweifeln müßte, käme nicht der steierische Komiker heute abend, den ich schon einmal gesehen habe, ein talentierter junger Mann ... Gestern, und wieder während ich nach Büroschluß vor der Baracke auf- und abging, habe ich gedacht, ich müßte verzweifeln, wenn ich nicht zum Kartenspiel in die Kantine gehen könnte ... und vorgestern habe ich mich, in derselben Weise vor der Baracke auf- und abgehend, auf das Haarschneiden beim Friseur gefreut und bin nicht verzweifelt. So tritt jeden Tag am Abend, wenn die Bürozeit beendet ist, etwas ein, das mich nicht verzweifeln läßt, obwohl ich verzweifeln *müßte,* obwohl ich ja in Wahrheit verzweifelt *bin.* Und obwohl ich das weiß, denn tatsächlich habe ich immer etwas nach Büroschluß, das mich *ablenkt,* nicht immer etwas, das mich *freut,* wenigstens etwas, das mich ablenkt, habe ich jedesmal vor dem Büroschluß Angst. Denn einmal, denke ich, könnte es sein, daß ich nichts mehr habe, das mich erfreut oder auch nur ablenkt. Es kommt einfach keine Freude und keine Ablenkung mehr, es ist ein Naturgesetz, daß jedem Menschen einmal keine Freude und auch keine Ablenkung mehr kommt, nicht die geringste Freude, nicht die unbedeutendste Ablenkung ... Und ich denke, ich müßte, den Umständen, die hier herrschen, entsprechend, in Wirklichkeit, wenn ich es überlege, der allerverzweifeltste Mensch sein, und möglicherweise bin ich auch der allerverzweifeltste Mensch, aber ich denke, ich gehe, ich gehe schneller, ich gehe immer noch schneller auf und ab, und ich sage mir, du mußt ja verzweifelt sein, du mußt in der größten Verzweiflung sein und du hast ein Recht darauf, du hast ein Recht auf diese Verzweiflung, tagtäglich immer wieder verzweifelt zu sein, und ich denke, nach Büroschluß, wenn ich plötzlich alleingelassen vor der Baracke auf- und abgehe und mit mir nichts mehr anzufangen weiß, außer auf- und abzugehen, besser gesagt, in der Vorfreude auf eine abendliche Ablenkung, Abwechslung, Überbrückung meines Alleinseins, meiner plötzlichen Hilflosigkeit, meiner Übelkeit gegenüber, daß meine Existenz tatsächlich eine verzweifelte Existenz ist ... Aber ich weiß auch, daß es lächerlich ist, eine verzweifelte Existenz zu führen, auch nur die Feststellung zu machen, man führe eine verzweifelte Existenz, ist lächerlich, wie ja der Gebrauch des Wortes »Verzweiflung« an sich schon lächerlich ist ... und wie, wenn man es überlegt, *alle* Wörter, die man gebraucht, auf einmal lächerlich werden ... aber ich erlaube mir keine Abschweifung, lächerlich oder nicht, meine Existenz ist eine verzweifelte, wie es ja in den jaureggschen Steinbrüchen nur verzweifelte Existenzen gibt, nicht eine einzige *nicht*verzweifelte, aber wie die anderen ist auch die meine, den Umständen in den jaureggschen Steinbrüchen entsprechend, apathisch geworden, anspruchslos ... Ich sage mir, ich bin zwar verzweifelt, aber ich muß nicht verzweifeln, grundsätzlich bin ich ja immer verzweifelt, grundlegend, aber ich *muß* nicht verzweifeln ... Und ich arrangiere mir für den kommenden Abend immerfort eine Ablenkung, eine Abwechslung: letzten Freitag habe ich mir ein Buch, letzten Dienstag etwas Gutes, etwas Kräftiges zu essen gekauft ... Ich schreibe Briefe, ich studiere die Naturwissenschaft ... Ich multipliziere und dividiere, ich kann mich durch spiritistische, geophysische Übungen ablenken ... ich führe Selbstgespräche. Stundenlang schaue ich durch die Fenster in die Baracken hinein und beobachte, oder ich überlasse mich im Bett meiner Nachdenklichkeit. Diese Art, meine Zeit auszufüllen, aber fürchte ich, denn sie verursacht das Gegenteil einer Ablenkung und führt, den Ursachen entsprechend, früher oder später zu Kopfschmerzen und Brechreiz. Abwechselnd gehe ich jeden Abend, ohne diese Gewohnheit ändern zu können, ohne sie ändern zu wollen, nach Büroschluß, aber vermutlich tief unter der Oberfläche einer beginnenden Geisteskrankheit, einer reinen Geschöpfkrankheit, die, wie ich herausbekommen habe, mehr mit meinem Vater, weniger mit meiner Mutter zusammenhängt, hin und her, gehe auf dem geschlossenen, von der Außenwelt völlig *ab*geschlossenen Areal der jaureggschen Steinbrüche, und zwar immer zwischen der Büro- und der Arbeiterwohnbaracke, hin und her ... Für die Arbeiter bin ich nach fünf, von ihnen abgesondert, durch meine jetzt schon selbst für mich erstaunliche Ablenkungskunst, nichts als einer, der mit immer der gleichen Geschwindigkeit zwischen den Baracken hin- und hergeht, während ich tatsächlich ein nach Büroschluß wohl zwischen den Baracken Hin- und Hergehender, gleichzeitig aber, und mit viel tieferem Bewußtsein, *ein in seiner Krankheit Hin- und Hergehender* bin, ein seiner Krankheit als einer streng wissenschaftlichen Übung Verfallener, der durch laut zurückgerufene Antworten, Grüße auf laute Fragen, Grüße an Vorübergehende, Erleichterung sucht. Die Existenz in den jaureggschen Steinbrüchen ist schwierig, wenn nicht gerade entsetzlich ... Einer in der Isolation der jaureggschen Steinbrüche grob und verbittert gewordenen Gesellschaft ist selbstverständlich mit der größten Geschicklichkeit zu begegnen, will sich ein Mensch wie ich über einen längeren als nur kürzesten Zeitraum in ihr behaupten. Einmal begangene Fehler gegenüber einer nur noch in Neugier und Schadenfreude ihr Auskommen suchenden und auch findenden Ansammlung von Menschen, die sich gegenseitig zu vernichten trachten, sind nicht mehr gut zu machen, der geringste löst, unter Umständen, eine Verschwörung, ein Martyrium aus; wie oft schon ist in den jaureggschen Steinbrüchen – wieviel solcher Fälle sind mir bekannt! – so ein Fehler, eine derartige unüberlegte Äußerung, eine nicht ganz durchdachte Erklärung die Todesursache eines Menschen gewesen. Der Schwachsinn und die aus dem Schwachsinn der gewöhnlichen jaureggschen Masse heraus resultierende Brutalität katastrophieren einem jede Phase des für alle immer bedrückenden Handlungsablaufs ... Wenn ich aufwache, wehre ich mich gegen alles so lange, bis ich einschlafe. Vor allem fürchte ich, in eines ihrer tödlichen Gespräche hineingezogen zu werden, während vieler Wochen überhaupt *angesprochen* zu werden, überhaupt entdeckt zu werden. Aber um leben zu können, muß man mit Menschen zusammen sein ... Weggehen aus den jaureggschen Steinbrüchen, hinausgehen, in die Stadt zurückgehen, habe ich oft gedacht, aber ich bin nicht weggegangen, und ich bin nicht in die Stadt zurückgegangen ... Meine Anstellung in den jaureggschen Steinbrüchen hat in kürzester Zeit die beinahe völlige Isolation meiner Person zur Folge gehabt ... Ich habe nurmehr noch zu mir selbst Kontakt ... Ursache ist die tatsächlich tödliche Abgeschlossenheit der jaureggschen Steinbrüche, das an allen Seiten aufragende Hochgebirge, die ständige Spiegelung einer allen Gehirnen furchterregenden Fauna ... Was mich betrifft, so habe ich schon von dem Augenblick an, in welchem ich eingesehen habe, daß die jaureggschen Steinbrüche der Natur gehorsam menschenfeindliche sind, nicht mehr die Kraft gehabt, wegzugehen ... Und mit welcher Absicht bin ich, vermeintlich in einer gesunden Verstandesschärfe, hergekommen! – Jetzt sehe ich den Komiker, und ich atme tief ein, als ob ich gerettet wäre! Ich brauche dem Mann aus der Steiermark ja nur nachzugehen, denke ich, noch im Freien ziehe ich mir den Rock aus, ich werfe meinen Hut in die Garderobe ... Ich finde noch einen einzigen Platz in der überfüllten Kantine ... Der Komiker sagt etwas, alle lachen, ich denke, alle Versuche sind gescheitert, mein früheres Leben, das ja weder aussichtslos noch eintönig gewesen war, dort wieder fortzusetzen, wo ich es abgebrochen hatte in der Stadt, also unter allen möglichen Menschen und unter allen möglichen Voraussetzungen, also unter allen möglichen Möglichkeiten. Heute weiß ich nicht mehr, warum ich wirklich aus der Stadt fort und in die jaureggschen Steinbrüche bin. Meiner Mutter zuliebe? ... Ich quäle mich mit der Antwort, die ich mir nicht mehr geben kann, ich frage mich: war es die plötzliche Unerträglichkeit des Städtischen? Nein, nichts, aber auch gar nichts, das man erklären könnte. So sind drei Jahre vergangen, ohne daß ich mich noch einmal gefragt hätte, warum ich *wirklich*, ja, *in der Wirklichkeit*, die Anstellung in den jaureggschen Steinbrüchen angenommen habe, warum ich noch immer in den jaureggschen Steinbrüchen *bin.* Alles, denke ich, deutet darauf hin, daß ich mein ganzes Leben in den jaureggschen Steinbrüchen bleiben werde ... in Gedanken immer mit meinem Onkel beschäftigt ... mit meiner Mutter. Der Bürovorsteher hat einmal gesagt, ich sei ein guter Zahlenzusammenrechner. Also bin ich ein guter Zahlenzusammenrechner ... Von Zeit zu Zeit, denke ich, erzähle ich einen von mir erfundenen Witz, dann lachen meine Kollegen ... Sie kennen mich als guten Witzeerzähler. Ich kenne keine größere Qual, als einen Witz zu erzählen, aber da ich keine andere Möglichkeit habe, mich bei meinen Kollegen, ich will nicht sagen, beliebt zu machen, ich meine nur, mich über Wasser zu halten, erzähle ich ab und zu einen von mir erfundenen Witz, den sie als guten Witz bezeichnen. Aber ich bin kein Komiker. Tagelang und nächtelang denke ich mir einen solchen Witz aus. Ich bin kein Komiker. Kann ich ihn erzählen, gehe ich nicht unter. Erzähle ich ihn besonders gut, bin ich einige Zeit hoch oben unter meinen Kollegen. Aber ich bin kein Komiker. Müßten sie sagen, wer ich sei, sie sagten dann sicher, ich sei ein guter Zahlenzusammenrechner und ein beinahe ebenso guter Witzeerzähler. Aber ich bin kein Komiker. Ich weiß nicht, worin ich mich sonst noch hervortun könnte. In die jaureggsche Sporthalle gehe ich nie, im Schwimmbad gelingen mir nur die zaghaftesten Versuche und ich mache mich jedesmal lächerlich. In der Kantine spiele ich immer (der Komiker ist jetzt schon die längste Zeit nur durch seinen steierischen Akzent allein komisch!) die alleruntergeordnetste Rolle. Im Geschichtenerzählen bin ich zu langsam, und ich erzähle ihnen allen mit viel zu großen Zwischenräumen. Ich zeichne mich auch nicht durch eine angenehme Stimme aus. Zum Beispiel kann ich nicht pfeifen. In meiner Kleidung bevorzuge ich jene Unauffälligkeit, die auf die anderen anmaßend wirkt, sie empfinden alles, was ich anhabe, nicht für die jaureggschen Steinbrüche geeignet. Ich rede jetzt nicht von den Arbeitern, ich meine die kleinlichen, die stumpfsinnigen Leute im Büro, die mir ständig vorzuhalten scheinen, wer ich denn sei und warum ich so und nicht *so* sei, und vor allem, warum ich *überhaupt* sei. Aber in Wirklichkeit halten hier (jetzt lachen sie wieder!) alle allen alles vor.

Der Zimmerer

Einem, im Falle des Zimmerers Winkler, mit der Plötzlichkeit, die erschüttert, aus der Haft Entlassenen, ist, wie ich immer wieder feststellen muß, nicht zu helfen. Winkler, über den die Zeitungen vor fünf Jahren, während der Dauer seines Prozesses, unglaublich viel Ordinäres und Abstoßendes, an den Wochenenden mit Bildern seines Opfers und seiner Person, vom Prozeß und vom Lokalaugenschein geschrieben haben, ist am 25. Oktober in Ischl gewesen. Seine in der Vöklabrucker Gerberei beschäftigte Schwester hat mich am Nachmittag des fünfundzwanzigsten aufgesucht und mich aufgefordert, ich möge Winkler, der unten warte, empfangen, ihn auf ein paar Augenblicke ins Haus hereinlassen; er habe mit mir zu reden, mir Verschiedenes, seine Person Betreffendes mitzuteilen, Erfreuliches, ebenso Unerfreuliches, mehr Unerfreuliches als Erfreuliches. Er wolle sich, kaum entlassen, bei mir bedanken, denn daß er nur fünf von sieben Jahren habe absitzen müssen, sei doch nur mein Verdienst. Im übrigen sei ich, der ihm nach seiner Festnahme vor fünf Jahren zur Prozeßvorbereitung und zur Verteidigung zugeteilt worden war, der einzige, dem er sich jetzt, nachdem er aus Garsten fort sei, anzuvertrauen nicht fürchte. Vor allen anderen fürchte er sich, umgekehrt fürchteten alle anderen ihn. Vornehmlich seine früheren Bekannten vermieden es jetzt, sich mit Winkler zu unterhalten, sie scheuten den geringfügigsten Kontakt mit ihm. Niemand grüße ihn, niemand lasse sich von ihm grüßen. Kein Mensch verliere an ihn ein Wort. Über ihn aber verlören sie ganz entsetzliche. Sie verhielten sich größtenteils so, als wenn er nicht existierte. Er selber getraue sich nicht, jemanden anzusprechen. Weiterhin würden über ihn Lügen verbreitet, ganz Ischl rede über ihn und seine Unwürdigkeit. Verleumdungen machten die Runde, das verletze ihn auf Schritt und Tritt, sie, seine Schwester, hoffe nur, daß ihr Bruder nicht die Konsequenzen aus allen diesen Fürchterlichkeiten ziehe. Alles würde ihm auf die niederträchtigste Weise erschwert. Sie bilde sich gar nichts ein, mit offenen Augen sehe sie die ihren Bruder verletzenden Vorgänge. Der Ort und seine Umgebung seien eine ständige Quelle ungerechtfertigter Gehässigkeiten gegen ihn. Komme sie nach Ischl, sei auch sie, die doch gar nichts dafür könne, davon betroffen. Daß ein Mensch einen solchen Zustand aushalten kann, glaube sie nicht, daß er weiterhin in der ihn mit allen Raffinessen zersetzenden Gegend existieren werde, könne sie sich nicht vorstellen. Winklers Schwester machte, während sie, nachmittags gegen fünf, in meiner Kanzlei vor mir stand, einen verzweifelten Eindruck auf mich. Sie habe, sagte sie, von ihrem Bruder außer Schlägen, Vorwürfen, äußeren wie inneren Verletzungen, nichts zu erwarten. Sein Charakter sei unverändert und ihr wie mir bekannt. Sie habe in ihrem ganzen Leben, in ihrer ganzen Kindheit und Jugend, vor allem während der wichtigsten Wachstumszeit, unter Winklers »fürchterlichem« Charakter zu leiden gehabt, seine ganze Umgebung, Eltern, Großeltern, sei immer von ihm unterdrückt gewesen. Die Roheit seiner plötzlichen Auftritte und Eingriffe in die Familie, in Ruhe und Ordnung, sein »Zerstörungstrieb« habe immer alle verängstigt. Eltern wie Großeltern wie Nachbarn hätten vor ihm eine fortwährende, selbst von ihren Gliedern ausgehende Angst gehabt, sie selber sei durch ihn die ganze Zeit mit dem Gericht in Beziehung gebracht und schließlich und endlich von ihm ruiniert worden. Sie gab ihm auch die Schuld am frühen Tod ihrer Eltern. Sie nannte viele Beispiele seiner unglaublichen Körperroheit, immer wieder bezog sie sich in allem, was sie jetzt hastig äußerte, auf seine zu einem einzigen großen Unglück zusammengeschmolzene Natur. Er habe »von seinem dummen Kopf aus« alles um sich herum beherrscht, oft »von hoch oben herunter« zugeschlagen, nur hätten sie, Eltern und Schwester, immer alles vertuscht. Größere Verletzungen aber seien der Gendarmerie bekannt geworden, und immer wieder sei er wegen schwerer Körperverletzung in immer kürzeren Abständen auf immer länger eingesperrt, von ihnen entfernt gewesen. Dabei habe sie ihren Bruder immer geliebt; eine Zuneigung, die sie sich selbst nicht erklären könne, habe sie auch heute noch für ihren Bruder. Oft wäre er tagelang zu Hause in der gutmütigsten

Stimmung gewesen, dann aber blitzartig zu dem Tier geworden, als das er ihr oft in der Nacht erscheine. Sie könne über ihren jetzt fünfunddreißigjährigen Bruder »überhaupt nichts Gutes« berichten, wenn sie nachdenke, zuschauen müsse in ihrem Gedächtnis, wie er sie fortwährend auf die niedrigste Weise und schon als um zwei Jahre jüngeres äußerst schutzloses Schulkind behandelt habe, immer *miß*handelt habe, mit den Jahren und mit seiner ununterbrochenen »entsetzlichen Körper- und Geistesentwicklung« immer gröber, immer »ungeheuerlicher«, müsse sie schweigen; sie dürfe nicht an ihre gemeinsame Schulzeit, an ihre gemeinsame Lehrzeit, an die Zeit, in welcher sie in die Gerberei, er in die Zimmerei gingen, denken. Aus dem Hinterhalt seiner Unzurechnungsfähigkeit habe er ihr eine Reihe von zum Teil ihr ganzes Leben beeinträchtigenden Körper- und Geistesschäden zugefügt. Unter seinen Drohungen gegen sie war sie einen Großteil ihrer Kindheit und Jugend ihrer ganzen Umgebung gegenüber auffallend schweigsam geblieben. Wenn sie nur an »die Nacht hinter dem Bahnhof« denke (»Damals bei der Saline!«) – ich verhinderte, daß sie sich näher erklären mußte – sei es ihr unverständlich, daß sie sich jetzt (»aber vielleicht aus Angst vor ihm?«) für ihn, der ihr Leben »systematisch zertrümmert« habe, einsetze. (»Uns alle hat er ruiniert!«) Überhaupt komme es ihr unheimlich vor, daß sie jetzt vor mir stünde, um für ihren Bruder zu bitten; aber sie bitte »inständig«, ich möge ihn jetzt, »wo er so verlassen ist«, nicht abweisen. Sie sei nur vorsichtshalber zuerst zu mir heraufgekommen, ihn ankündigen; sie müsse in einer knappen Stunde wieder mit dem Postautobus nach Vöklabruck zurück, wo sie »schon seit vier Jahren«, weil sie, nach Winklers Verbrechen, seiner Verhaftung und schließlich Verurteilung in Ischl »nichts mehr zu suchen, nichts mehr zu leben« gehabt habe, angestellt sei. Ich erkundigte mich, ob ihr Auskommen in Vöklabruck gut sei, und sie bejahte. Es sei ihr durch Gewaltakte Winklers, die schon mehr als zehn Jahre zurückliegen, unmöglich, ein Kind zu bekommen. Sie machte aber darüber nur eine mich sehr beunruhigende Andeutung. Jeden Abend in den letzten Tagen habe er, dem seine vorzeitige Entlassung aus Garsten selber eine

Überraschung (»eine unangenehme!«) gewesen sei, vor der Gerberei auf sie gewartet und sie abgeholt. Sie habe den Anblick ihres Bruders, der »schmutzig und widerwärtig« tagtäglich vor fünf vor der Gerberei auf und ab ging, nicht aushalten können. »Wie ich mich geschämt habe«, sagte sie. Ohne Geld (»Er hat alles, was er sich erspart gehabt hat, versoffen!«) sei er plötzlich, ohne Ankündigung, »keine Karte, nichts«, auf einmal bei ihr erschienen. Sie wohne außerhalb von Vöklabruck, »im Graben«, sagte sie, als ob das ein Begriff sei. »Er hätte oft schreiben können«, meinte sie, aber er hat nicht geschrieben. Sie sprach von einem Ausbruchversuch, von einem Komplott in der Anstalt, dem er sich aber nicht angeschlossen hat, das habe seine Entlassung beschleunigt. Sie hätte ihn nicht in ihr Zimmer gelassen, wenn sie nicht Angst gehabt hätte, »er ist ja nicht allein gekommen, sie waren zu zweit«, sagte sie; der zweite aber sei sofort wieder verschwunden und nicht mehr aufgetaucht. Winkler habe schon immer, »schon als Kind, seinen Fuß in der Tür gehabt«. Ein paar Tage hätten sie miteinander auskommen können, dann hätte er ihr die ersten Vorwürfe, sie täte nichts für ihn, gemacht. In der Nacht habe sie überhaupt nicht geschlafen, nur auf sich »aufgepaßt«. Er sei immer nur auf dem Boden gesessen, »gehockt«, sagte sie, oft auch lang neben ihrem Bett auf dem Boden ausgestreckt gewesen, so, daß er sich mit Kopf und Füßen hat zwischen den Wänden stemmen können. Meistens habe er stundenlang auf die Wand oder auf sie, seine Schwester, geschaut und kaum etwas gegessen. Er sei auch, außer wenn er sie von der Gerberei abholte, nicht fort. Sie habe ihm »alle Augenblicke was zum Trinken« gekauft, nicht viel, aber »viel zu viel«. Sein Geruch, der Geruch, vor dem sie sich zeitlebens gefürchtet hat, sei jetzt in ihrem Zimmer, und sie werde diesen Geruch nicht mehr aus ihrem Zimmer hinausbringen. Vor Müdigkeit habe sie oft nicht mehr stehen können, er veranlaßte sie aber rücksichtslos zu Wegen in verschiedene Gasthäuser um verschiedene Schnäpse. Von dem Augenblick an, in welchem ihr Bruder sich bei ihr niedergelassen hat, habe sie nicht mehr geschlafen. »Seine großen Hände, Herr Doktor!« sagte sie. Das Zusammensein und dann, wenn sie in der Gerberei

gewesen war, die Gedanken an ihn seien ihr unheimlich gewesen. Bald habe sie keinen Einfall, wie sie sich von ihrem Bruder wieder befreien könne, mehr gehabt. »Das war schlimm.« In der Strafanstalt habe sich Winkler, ihrer Meinung nach, verschlimmert. Die meiste Angst habe sie vor der Unbeweglichkeit, in welcher er immerfort auf dem Boden »gehockt« war, gehabt. »So ein kräftiger Mensch«, sagte sie. Sie habe »aus Berechnung«, wie sie, was sie sagte, erweiterte, immer wieder ein Gespräch mit ihm anfangen wollen, um sie beide abzulenken, er habe aber niemals ein Wort mehr als unbedingt notwendig gesprochen, selbst das Essen und Trinken und die Kleidungsstücke habe er sich nur mit Handbewegungen, »kurzen, schlagartigen«, von ihr zu sich heranbefohlen. Ihre Ersparnisse seien, weil sie ihm einen Anzug und einen Mantel hat kaufen müssen, Schuhe, Unterhosen (»Ich hab's nicht ungern getan!«), in ein paar Tagen weggewesen. Plötzlich, es war vielleicht eine halbe Stunde vergangen, sagte sie: »Hoffentlich ist er noch unten!« Sie wollte, das sah ich, ans Fenster, getraute sich aber nicht. Was aus ihrem Bruder, der »so groß und so stumm« sei, werden würde, meinte sie, ohne dann auch nur ein Wort mehr außer »so groß und so stumm« zu sagen. Sie drehte sich um und lief, wie wenn sie sich zum Schluß noch vollständig in ihrem Mantel hätte verstecken wollen, ins Vorhaus hinunter, mit solch ungeschickten Bewegungen ihrer Beine, die auf ein, dem Geschöpf, das sie tragen müssen, zugestoßenes Unrecht hindeuten. Ich hörte, obwohl ich es hätte hören müssen, weil die Kanzleitür offen gewesen war und immer alles im Vorhaus Gesagte, auch das Leiseste, deutlich in die Kanzlei herauf zu hören ist, was sie im Vorüberlaufen zu Winkler gesagt hatte, nicht mehr, nichts mehr, nur das mich seit Jahren immer gleich und immer abstoßender erschreckende Zufallen der Haustür. Kurz darauf erschien Winkler in meinem Zimmer.
Er machte denselben kräftigen Eindruck auf mich wie auf seine Schwester. Es fiel mir auf, daß sich sein Gesicht während der langen Haftzeit vergröbert hatte, das Gefährliche in seinen Augen gab mir zu denken. Seine Hände waren unruhig, eine unglaubliche, mich bestürzende Unruhe ging von ihm aus. Zum

Teil war er wie ein Kind, zum andern wie ein überfertiger Mensch bei der Tür hereingekommen, so plötzlich aufgetreten, daß ich annehmen mußte, er habe, während ich mich mit seiner Schwester unterhielt, hinter der Tür gehorcht. Aber es war ja nichts, das nicht auch für ihn bestimmt gewesen wäre, zwischen seiner Schwester und mir zur Sprache gekommen. Tatsächlich war ich bei dem Einfall, Winkler habe hinter der Tür gehorcht, sei unbemerkt hinter seiner Schwester ins Haus und durchs Vorhaus herauf, erschrocken; andererseits deutete aber seine Atemlosigkeit auf ein rasches Heraufkommen über die Stiege hin. Er wollte, konnte aber nicht sprechen. Im ganzen schien er froh zu sein, daß seine Schwester vor ihm bei mir gewesen war. Sein Mantel war ihm zu eng, er hatte das Hemd offen; eine krankhafte Einstellung allem und jedem gegenüber hat dieser Mensch, dachte ich. Durch dieselbe Hilflosigkeit wie vor Gericht, ich erinnere mich, daß er hilfloser als statthaft gewesen war, vor allem immer in den entscheidenden Augenblicken, war ich auch jetzt wieder von ihm eingenommen. Zwischen ihm und mir war bestimmt in den Momenten seines Eintretens in die Kanzlei und auch später nicht, die ganze Zeit seines Beimirseins nicht, die geringste Gefühllosigkeit gewesen. Nur waren die Verständigungsmöglichkeiten auf beiden Seiten qualvoll eingeschränkt. Ich hatte mich, während der Unterredung mit seiner Schwester, nicht mehr an seine Erscheinung erinnern können. Er entstammte einem Menschenschlag voll von der gänzlich unbewußten Substanz. Er hatte eines der Gesichter, die man oft sieht, wenn man, selber müde, am Abend in unseren Dörfern durch die stille, zu keinem Aufmucken mehr fähige Müdigkeit von Menschenansammlungen geht, durch die aneinandergeketteten Physiognomien der Landarbeitsmenschen. Ganz undeutlich war mir, wie ich jetzt sah, Winkler gewesen, als seine Schwester mir von ihm gesprochen hatte, ein anderer als der, der jetzt vor mir stand. Nur seine Stimme hatte ich, noch bevor er hereingekommen und ein einziges Wort gesagt hatte, gehört; Stimmen merke ich mir ein für allemal. Wie die aller Untergeordneten, Ausgeschlossenen, war seine Redeweise plump, überall offen, einem Körper voller Wunden vergleichbar, in die jeder jederzeit Salz streuen kann, aber so eindringlich, daß es schmerzhaft ist, ihr zuzuhören. Er sei gekommen, um mir zu danken, für was, wisse ich selber. Ich hätte »das Beste« für ihn herausgeschlagen. Das Gericht und die Zeit, in die sein Verbrechen gefallen sei, wären ihm von Anfang an feindlich gesinnt gewesen; ein Gericht müsse anders sein; er sagte aber weder das Wort ›unvoreingenommen‹ noch das Wort ›objektiv‹. Er erinnerte mich augenblicklich an meine Besuche in seiner Zelle während seiner Untersuchungshaft. Vieles, an das er mich im Zusammenhang mit meinen Bemühungen um ihn, die nichts als eine Pflicht gewesen waren, erinnerte, hatte ich längst schon vergessen; er hatte sich ganze von mir vor fünf Jahren zu ihm gesprochene Sätze vollständig gemerkt. Die Anhänglichkeit Winklers, die mir aus allem, was er sagte und was er nicht sagte, deutlich wurde, bestürzte mich. Im ganzen erschien er mir übertrieben und gefährlich zugleich. Immer wieder meinte er, ich sei ihm »nützlich« gewesen. Es hatte den Anschein als habe er den Kontakt mit mir in den ganzen fünf Jahren nicht einen einzigen Augenblick aufgegeben. Ich selber hatte Winkler schon in dem Moment, in welchem er aus dem Gerichtssaal geführt worden ist, vergessen gehabt, ein Anwalt erledigt den Fall eines Klienten kurz nach dem Schuldspruch; ich erinnerte mich: auf der Straße war auch der Fall Winkler aus meinem Kopf ... Er habe mir im Laufe der Jahre schreiben wollen, immer wieder sei er aber davor zurückgeschreckt. »Ich bin ein dummer Mensch«, sagte er; mehrere Male sagte er: »Ich bin ein dummer Mensch.« Ich forderte ihn auf, Platz zu nehmen. Er setzte sich mir gegenüber; ich rückte das Licht in die Mitte des Schreibtisches, dann aber wieder weg und löschte es schließlich ganz aus, denn er wollte kein Licht, und man sah ja auch so genug. Ich mag auch kein Zwielicht. Wie gut, daß der Schreibtisch zwischen ihm und mir ist, dachte ich, dann fing er, auf den Boden schauend, längere Zeit von besonderen Erlebnissen in der Strafanstalt zu reden an, schließlich von der Eintönigkeit und von der völligen Überraschungslosigkeit, die dort herrschen. Er redete und sinnierte und redete wieder. Ich wüßte alles, meinte er. Wie auf alles bezogen, könne man auch, was die

Strafanstalt und ihre Gesetze und Gesetzlosigkeiten betrifft, dafür und dagegen sein. Die Zeit sei ihm von Tag zu Tag länger geworden. Über die Aufsichtsorgane, nicht über das Essen beklagte er sich. Von seiner Zelle aus habe er in einen Wald schauen können, manchmal auch über den Wald hinaus auf eine Bergkette. Die Qual, mit der Zeit nicht fertig zu werden, sei in der Unfreiheit, in Strafanstalten und Kerkern, am größten. Er habe in der Zimmerei gearbeitet. Von Vergünstigungen war bei ihm keine Rede, die habe er sich immer alle verscherzt. Die Fähigkeit, sich mit einem Minimum an Spielraum, wie es in der Strafanstaltszelle sein muß, lange Zeit nur mit seinem eigenen Körper, sonst nichts, zu begnügen, sei ihm zugute gekommen. »Aber, was man alles sieht!« sagte er. Er erinnerte sich an den Augenblick der Urteilsverkündung, an die Stille im Gerichtssaal, während es draußen zu schneien anfing. Diese Einzelheit hatte ich völlig vergessen. Körperliche Züchtigungen hätten sich die Garstener Aufsichtsorgane, was ihn betrifft, nicht erlaubt, er sei aber auch nie während der ganzen fünf Jahre rabiat geworden. »Recht und Unrecht«, meinte er, darüber könne ein Mensch wie er viel nachdenken, weniger sagen. Es waren, die Strafanstalt Garsten betreffend, einige bemerkenswerte Auffälligkeiten, von welchen er mir Mitteilung machte. Ich fragte ihn, was er jetzt zu tun gedenke. Obwohl ich ja wußte, daß davon keine Rede war, fragte ich, ob er sich schon nach einer Arbeit umgeschaut habe, und dann, er solle sich schleunigst »und mutig«, sagte ich, darum kümmern. Für einen Zimmerer sei es nicht schwierig, eine Arbeit zu finden. In seinem Fach sei er gut. »Überall wird gebaut«, sagte ich, »je weniger Handwerker es gibt, desto besser für jeden einzelnen.« Aber was ich, in einem möglicherweise viel zu belehrenden Ton sagte, machte auf ihn keinerlei Eindruck. Ich fragte mich auf einmal, ob der Mensch nicht verloren sei. Er sagte, für ihn sei schon alles zu spät, es gäbe nichts mehr, das in Angriff zu nehmen sich für ihn noch auszahlte. »Nichts. Nichts«, sagte er. Auch nichts, auf das er noch einen Anspruch hätte. Er habe alle Ansprüche längst »verwirkt«. Das großstädtisch fade Wort hatte, von ihm ausgesprochen, keinerlei Klang, es hörte sich aber doch mystisch an und erschütterte. Schon allein der Gedanke, sich wieder von seinem Sessel erheben zu müssen, verursache ihm jenen Kopfschmerz, an dem er schon jahrelang leide. Unmöglich, sich noch einmal in seinem Leben, das auch »verhunzt« sei, bei einem der Unternehmer, Zimmerer, Baumeister vorzustellen. »Alles viel zu spät«, sagte er. Bis zu diesem Augenblick hatte ich nicht die richtige Vorstellung von dem Ernst der ganzen traurigen wie auch gespenstischen Situation gehabt, und ich regulierte, was ich sagte, ganz bewußt, in eine Richtung, in einen Begriff hinein, die ihm zuwider waren: ich sagte jetzt immer wieder nur: Arbeit! Dann aber sah ich die Unsinnigkeit meines Vorgehens und retirierte. Sein Argument: in Ischl, wo jeder über jeden alles wisse, fände er keine Arbeit und woanders hin wolle er nicht, beruhte natürlich auf einem Irrtum, aber ich entgegnete nichts; mir schien, als müsse ich ihn in Ruhe lassen. Er wisse, daß er nicht mehr zu seiner Schwester zurückkehren könne, aber andererseits ... und dann wieder: der größte Fehler sei es gewesen, bei ihr, »die selber nichts hat«, Unterschlupf, Beruhigung zu suchen. Immer wieder sagte er, wie sehr sie sich vor ihm fürchte: »vor mir!« rief er aus. Er sagte: »Wohin gehen? Vöklabruck war das nächste ...« Den Vorwurf, er habe seiner Schwester in ein paar Tagen, »rücksichtslos«, sagte ich, das ganze Geld abgenommen, ließ er nicht gelten; sie bekäme, was er ihr schuldig sei, zurück. Ich wisse, sagte ich, daß er sie täglich bedroht habe. Es war jetzt ein Menschenlärm auf der Straße, den ich absichtlich überging. Ich würde, sagte ich, versuchen, ihm rasch einen Arbeitsplatz zu verschaffen. Ein guter Arbeiter, Winkler sei einer, sagte ich, habe, auch wenn er Winkler heiße und auch in der Stadt Ischl, nichts zu fürchten, im Gegenteil, jeder nehme ihn mit offenen Armen auf. »Die Leute«, sagte ich, »schauen nur auf die Hände.« Ich bot ihm eine mir angemessen erscheinende finanzielle Unterstützung für die bevorstehende Nacht an, sie würde besonders kalt werden, sagte ich, und er müsse sich ausschlafen, er lehnte es aber ab, von mir Geld anzunehmen. In ein paar Tagen sei er untergekommen, meinte ich, ich wollte nicht aufgeben, das sagte ich mir: gib nicht auf! vielleicht sei er »schon morgen« beschäftigt, dann verdiene er und könne alle Schulden zurückzahlen, und es ginge bergauf, rasch bergauf. Er solle sich ausschlafen und mit klarem Kopf wiederkommen; ich stünde ihm jederzeit zur Verfügung. Er hörte nicht zu. Er schaute auf den Kukuruzkolben, den ich, weil ich das mag, auf dem Fensterbrett liegen hatte. Als ob ihn die fünf in die Länge gezogenen Jahre in der Strafanstalt von der Sinnlosigkeit jeden, auch des geringsten, des unscheinbarsten Lebenszeichens überzeugt hätten, ging er gar nicht auf das, was ich gesagt hatte, ein, sondern er fragte auf einmal, und die Beziehungslosigkeit des von ihm gesprochenen Satzes, der dann lang zwischen ihm und mir in der Luft hing, erschreckte mich: wieviel Geld man haben müsse, um so weit wegreisen zu können, daß man unter keinen Umständen mehr in Mitleidenschaft gezogen werden könne ... Ein qualvolles Auflachen meinerseits mußte ihn tief verletzt haben, denn er schwieg auf diese Ungeschicklichkeit, die eine Unzucht gewesen war, mehrere Minuten lang völlig bewegungslos. Vorsichtig ließ ich mir dann von ihm eine Beschreibung seines Geburtsortes geben, eines Dorfes in den Niederen Tauern, die er auf einmal, furchtlos, schien mir, mit Beschreibungen seines Schulwegs, seiner Lehrer, seiner Eltern und seiner Schwester ausschmückte. Eine Vorliebe für winkelige Gassen, frischgeschlachtetes Fleisch seinerseits fiel mir auf; seine Einstellung zu Verstorbenen, zu politischen Gewaltakten auf dem Land; den Sozialismus, Parteien überhaupt, lehnte er ab. Man kann einer solchen Art von Mensch viele Fallen stellen, und ein solcher Mensch tritt hinein. Mit großer Anteilnahme sprach er auf einmal wieder über die verschiedensten traurigen Vorfälle in seinem Leben, er malte, je mehr sich diese Vorfälle seiner am Ende nur noch grausamen Hilflosigkeit zu nähern schienen, nur graue Bilder. Alles, was er sagte, war von einem gleichmäßig von seinem seltsamen Unglück beherrschten Grau, oder Grauschwarz, oder Schwarzgrau. Seine Stimme war weder leise noch laut, sie gehörte nicht eigentlich ihm, sondern war aus seinen Zuständen und Zusammenhängen; es ließe sich höchstens ein solcher Urvergleich ziehen wie in Betrachtung eines noch nicht und schon nicht mehr lebenden, aber doch existierenden Wesens, das doch kein bloßer Gegenstand ist. Er machte das Gesprochene in der eng zusammengezogenen späten, plötzlich völligen Nachmittagsstille der Kanzlei, vor allem, weil es schon beinahe finster war, ungemein anschaulich. Ich hatte an diesem Nachmittag, das ist außergewöhnlich, und auch an dem darauffolgenden Abend, keine meiner sonst so dringenden Arbeiten zu erledigen, und ich war froh, das Haus nicht mehr verlassen zu müssen, und so überließ ich es Winkler, fortzugehen oder zu bleiben. Es schien mir einen Augenblick lang, als hätte er sich bei mir nur aufwärmen wollen. Seine Schwester war gewiß längst wieder in Vöklabruck. Ich dachte: die Kinderlosigkeit zweier wie der beiden Winklerschen Menschen, wodurch sie auch immer in jedem von ihnen beiden ein nicht mehr rückgängig zu machender Dauerzustand geworden ist, kann hinaufführen, in die höchsten und in die schwindelerregendsten Höhen führen und in die grauenerregende Ohnmacht hinunter. – Ich fragte ihn, ob er schon ein Nachtmahl gegessen habe, die Leute auf dem oberösterreichischen Land essen immer schon früh ihr Nachtmahl, obgleich ich ja schon gewußt habe, daß sein Magen leer gewesen ist, auch zu Mittag hatte er sicher nichts gegessen, denn da waren Bruder und Schwester mit dem Postomnibus von Vöklabruck in die Stadt Ischl hereingehetzt; auch das ein Grund seiner Müdigkeit. Er lehnte es ab, mit mir etwas, »etwas Warmes«, hatte ich gesagt, das in der an die Kanzlei angeschlossenen Küche zu finden gewesen wäre, zu essen. Auch zu trinken wollte er nichts. Im Grunde beherrschte mich dieser Mensch, der mir einerseits so fremd war wie keiner, andererseits alles andere als fremd. Ein Verbrecher ist zweifellos ein armer Mensch, der für seine Armut bestraft wird. Ich dachte das hoch über der Grenze sogar der höheren Wissenschaftlichkeit. Er könne, meinte er, über die besonders krassen Vorfälle in der Strafanstalt, die er mir ganz bewußt verschweige und die ihn immer wieder beschäftigen, nichts sagen, aus nicht erklärbaren Gründen, auch aus »Kopflosigkeit«. Er fühle alles nur und die Folgen davon seien tödlich. Eine Existenz wie die seine schwäche, das Eingesperrtsein ruiniere im Menschen jedes brauchbare Gefühl für die Außenwelt, es verstopfe die Zugänge zu ihr. Bessern, wie man das immer von ihm verlangt habe, könne einer wie er sich nicht. Er habe keinerlei Besserungs- und Verbesserungsmöglichkeiten mehr, er habe sie nie gehabt. Er wolle sich auch gar nicht verbessern. Was heißt das? Seine Kindheit und seine Jugend seien von der Aussichtslosigkeit verfinstert gewesen, sich jemals bessern oder verbessern zu können. Es hätten ihm eigentlich alle Voraussetzungen für ein Leben, das unauffällig vor sich geht und niemandem weh tut, immer gefehlt. Seiner Anlage nach sei er von vornherein eine einzige finstere Fundgrube für Grausamkeiten und Schmerz gewesen. Eine von Grund auf falsche, weil nicht einmal in Ansätzen vorhandene Erziehung habe seine Anlagen in das Verbrecherische hinein- und hinunterentwickelt. Seine Schmerzen, schon die allerfrühesten, seien mit Gefühllosigkeit behandelt worden, die Eltern hätten ihn, anstatt in Leintücher, in ihre leibliche und seelische Kälte gewickelt. Nur mit seinen Körperkräften konnte er eines Tages, sie waren ihm ganz plötzlich bewußt geworden, seiner familiären Unterdrücker Herr werden: er schlug, wenn man ihn reizte, einfach zu. Diese für ihn einzige Methode, sich über Wasser zu halten, sich Gehör, ja sogar Respekt zu verschaffen, führte ihn schon nach kurzer Zeit in die Gefängnisse. Das Eingesperrtsein, sagte er, vergrößere Furcht und Überdruß. Es gäbe heute eine hochentwickelte Justiz, aber keinerlei Fortschritt in der Justiz. Der moderne Strafvollzug habe seine »gerissenen« Eigenheiten. Er sprach das Wort »Einsamkeitshysterie« aus, das er gehört oder gelesen haben mußte, es war nicht von ihm. Nicht mehr ins Körperliche des Sträflings ginge die moderne Bestrafung, sondern ausschließlich nurmehr noch tief ins Seelische, sie dringe dahinein, wohinein früher, vor fünfzig Jahren noch, nichts gedrungen sei. Erklären könne er, was er meine, nicht. Menschenverstörend arbeite die heutige Justiz, und ich dachte: als eine Wissenschaft für sich. Der Anblick seiner neueingekauften Kleider brachte mich wieder auf den Gedanken, wie Winkler so rasch wie möglich zu Geld kommen könne. Die Gefahr, daß er sich von der Außenwelt völlig abschließt, abschließen mußte, wenn er sich nicht schon von ihr abgeschlossen, aus ihr, bei der ersten Berührung mit ihr, zurückgezogen hat, war zu offensichtlich, als daß ich ihn hätte sich selbst überlassen können. Ich stellte mir vor, wie der Ankauf seiner Kleider, in welchen er wie zum Hohn steckte, in einem Vöklabrucker Geschäft am Vormittag – und vielleicht hatte er sie sich nur meinetwegen gekauft? – vor sich gegangen war, wie er, Winkler, wohl auf die Schwester hörte, aber doch, während des Anprobierens, wieder nicht auf sie hörte, fürchterliche Kleiderankaufentscheidungen fällte, wie seine Schwester viele seiner Schimpfwörter hat einstecken müssen (sie hätte sehen müssen, daß ihm der Mantel an den Schultern zu groß war, im ganzen aber doch wieder zu eng); das Zusammenlaufen der im Kleiderhaus Angestellten in der Mantelabteilung; Winklers Befehlston den bleichgesichtigen dummen Mädchen gegenüber, dann wieder seine jedes Frauen- und Mädchenherz aus der Fassung bringende naiv-rustikale Männlichkeit, Angeberei. Wieder getraute ich mich, weil ich ihn genügend abgelenkt wußte, ihm den Vorschlag zu machen, er solle sich, auf eine Nacht nur, in eines der verhältnismäßig gut ausgestatteten und billigen Gasthäuser an der unteren Traun legen und anderntags zu mir kommen, ich hätte Zeit für ihn, meine Geschäfte seien jetzt überraschend ein wenig zum Stillstand gekommen; ja, ich hatte die Absicht, ihn am nächsten Morgen einzuladen, sprach diese Absicht aber nicht aus. »Inzwischen«, sagte ich, aber ich belästigte ihn nur mit dem, was ich sagte, »habe ich ein paar Adressen, ein qualifizierter Arbeiter …« Ich schwieg und nahm mir vor, nachdem Winkler fort wäre, bei einer oder der anderen Zimmerei anzufragen, ob sie Interesse an Winkler hätte. Ich sah in der Stellungsuche für ihn keine Schwierigkeit. Er solle sich den Kopf nicht zerbrechen, sagte ich, und ich entdeckte, daß ich, wenn mich nicht alles täuschte, schon wieder die ganze Zeit zu einem Menschen redete, der mir, auch wenn er so tat, als höre er zu, aus Höflichkeit, gar nicht zuhörte, dessen Gedanken überall, nur nicht bei mir waren. Nur sein Körper sitzt da, dachte ich, Winkler ist zwar in meiner Kanzlei, aber seine Gedanken sind nicht in meiner Kanzlei. In den ersten Nächten nach seiner Entlassung, er habe sich zuerst, »in einem besseren Zustand«, nicht entschließen können, in einem Gasthaus zu übernachten, er hatte sich keinem Haus in die Nähe getraut, geschweige denn einem Menschen, habe er entsetzlich gefroren; es sei ihm einfach nicht möglich gewesen, irgend jemanden anzusprechen und so sei er die ganzen Tage und Nächte fast ausnahmslos im Freien umhergegangen, nach Möglichkeit in den Wäldern, wo er annehmen mußte, daß ihm niemand begegnet. In manchen Wäldern sei Wärme, sagte er, in anderen nicht. Völlig entkräftet habe er dann doch ein Gasthaus aufgesucht, gegen Mitternacht, »da wird man nicht so genau kontrolliert«, sagte er. Ohne Rücksicht auf sein Geld sei er nurmehr darauf bedacht gewesen, nicht mehr frieren zu müssen. »*Wie* ich gefroren habe!« sagte er. Die ihm zuletzt verbliebene Hälfte seines Geldes habe ihm ein Kirchtagsordner aus Lambach, den er vor einem Gasthaus in Stadl Paura getroffen hatte, während Winkler eingenickt war, aus der Manteltasche gezogen, er haben »den Kerln« aber noch im letzten Augenblick stellen können. Er sprach auch von dem Glück, das es für ihn gewesen sei, mehrere große Zeitungen zu besitzen, mit welchen er sich in einem Hohlweg bei Wimsbach habe zudecken können. Zum Trinken, meinte er, hätten ihn die Gasthäuser wohl in ihre Wärme hineingelassen, zum Schlafen nicht; sein Aussehen sei zu schäbig gewesen. Zwölf Tage lang habe er es auf diese Weise aushalten können, keinen Tag länger. Schließlich sei er, ohne einen Groschen, nach Vöklabruck, und zwar gegen die ganz natürlichen Widerstände in ihm, zu Fuß, über Wiesen und durch Wälder, zu seiner Schwester. Die sei bei seinem Anblick erschrocken und habe ihn nicht zu sich ins Zimmer hineinlassen wollen. Er sei wieder fort und habe sich einem in einer ähnlichen Lage wie er Befindlichen angeschlossen; beide seien sie, von seiner Schwester auf die vielen entsetzlichen Wege in Kälte und Finsternis zurückgezwungen, schließlich wieder in mehrere Gasthäuser und dann, auf Anraten des ihm völlig unbekannt Gebliebenen, der einen Schlosseranzug angehabt hatte (»Ich habe mir nicht einmal seinen Namen gemerkt!«), wieder zur Schwester zurück. Sie habe, sagte der Zimmerer, von Anfang an vor ihm Angst gehabt, dieselbe Angst wie *vor* seiner Haftzeit, an dieser ihrer Angst ihm gegenüber habe sich seit ihrer Kindheit nichts geändert gehabt, diese ganz bestimmte, nur mit ihm und seinem Unglück zusammenhängende Angst. Sie glaubte, er würde ihr Zimmer in Unordnung bringen, ihre Hausfrau könne ihr unter dem Eindruck des plötzlichen Auftauchen Winklers kündigen. Sie habe auch um ihre Stellung in der Gerberei gebangt. Um fünf habe er sie tagtäglich von der Gerberei abgeholt; ihre Arbeit dort bezeichnete er selbst als »schwer«. Auf dem Heimweg habe sie sich für ihn geschämt, und der Gedanke, ihn neu einzukleiden – was er angehabt hatte, war schon über zehn Jahre alt gewesen! –, war ursprünglich sogar von ihr ausgegangen. Als sie dann aber eingesehen hatte, daß sie, wenn sie ihm neue Kleider kaufte, ihre ganzen Ersparnisse verlieren würde, wollte sie zurückziehen. Es war aber zu spät: Winkler zwang sie am fünfundzwanzigsten vormittags, kurz bevor mich die beiden aufsuchten, zur Herausgabe ihres Geldes und in das Kleidergeschäft. Sie selber hat von einer jetzt langsam fortschreitenden Beschmutzung ihres Wesens durch Winkler gesprochen. Den ersten Abend habe sie sich geweigert, ihn neben sich auf dem Fußboden schlafen zu lassen, aber eine andere Möglichkeit bestand nicht. Er habe sich »wie ein Hund« neben sie auf den Boden gelegt. Da keine Decke vorhanden war, hatte er mit ein paar alten Ausgaben des ›Linzer Volksblattes‹ vorlieb nehmen müssen. In der ersten gemeinsamen Nacht hatte keiner von ihnen geschlafen. Wortlos sinnierten sie in der kleinen Kammer unter dem Dach des Hauses ›Im Graben‹. Wieder dachte ich, Winkler war auffallend ruhig geworden, daß seine einzige Rettung ein Arbeitsplatz sei. Aber die Schwierigkeiten, ihm das klar zu machen, hatten sich zu diesem Zeitpunkt schon schmerzhaft vergrößert gehabt. Noch während die Leute in Haft sind, gehört, von seiten der Justiz, für sie ein Arbeitsplatz und ein Quartier beschafft, sonst werden die Männer gleich wieder straffällig; die Schuld trifft den Staat, die Gesellschaft; die Behörden verschaffen den Haftentlassenen nichts als das Fürchterliche der plötzlichen Freiheit, immer wieder Ursache zahlloser Rückfälle durchaus Besserungsfähiger. Die Behörde begeht dadurch immer wieder diese hundsgemeine Nachlässigkeit. Die Justizbehörde ist, unter Außerachtlassung ihrer Obsorgepflicht gegenüber den Ärmsten, ausgesprochen verbrecherisch. Allein die Justiz hat von seiner vorzeitigen Entlassung schon mindestens vierzehn Tage vor dem Termin gewußt. Sie hätte ihm eine Arbeit verschaffen müssen. So halst der Staat sich immer wieder selbst die abzuschaffenden, abschaffbaren Übel auf! Ich selber bin von Winklers plötzlicher Entlassung völlig überrascht worden, wenngleich ich auch, ungefähr vor einem Jahr, einen Antrag auf seine ›Entlassung vor der Zeit‹ an das Justizministerium gestellt habe. Aber diese Anträge sind obligatorisch und führen meistens auch nur in Fällen, in welchen es sich um fügsame, »nicht gemeingefährliche« Häftlinge handelt, zum Erfolg. Winkler hatte meiner Meinung nach nicht die geringste Aussicht, vorzeitig entlassen zu werden; dem widerspricht auch ganz seine Häftlingsbeschreibung, die ich erst kürzlich studiert habe. Solche überraschende Entlassungen führen in fast allen Fällen unweigerlich zu Komplikationen, meistens in die Katastrophe. Winkler hat, außer seiner Schwester, keinerlei Verwandtschaft mehr. Möglicherweise stand seine Entlassung in Zusammenhang mit dem im März in Garsten in Angriff genommenen Umbau des straßenseitig gelegenen Strafanstalttraktes, in welchem Winkler untergebracht gewesen war. Bei solcher Gelegenheit werden oft Entlassungen, die gar nicht geplant gewesen waren, überraschend schnell durchgeführt. Ich ersuchte Winkler, der jetzt einen besonders niedergeschlagenen Eindruck machte, auf seine, mir ausgesprochen kränklich erscheinende Schwester Rücksicht zu nehmen. Sie sei in dem Glauben, er kehre jetzt, nach dieser Unterredung mit mir, zu ihr zurück. Das dürfe er nicht. Davor fürchte sie sich. In Anbetracht des schon weit überbeanspruchten Verhältnisses zwischen ihnen beiden hielte ich es für besser, er bleibe in Ischl. An seinem entsetzlichen, ihm auswegslos erscheinenden Zustand sei auch das Wetter schuld, sagte ich, der naßkalte, finstere Tag. Anstrengungen, Opfer blieben ihm naturgemäß, gleichgültig, was er jetzt unternehmen werde, nicht erspart. Sein Verbrechen sei als eines von Hunderten und Tausenden von Jugendverbrechen, meinte ich, verzeihlich. Die ganze Welt eine Welt von Ausgeschlossenen, die Gesellschaft an sich existiere nicht, jeder sei allein, keiner sei im Vorteil. Er hörte sich, was ich sagte, nur scheinbar an. Lange Zeit schaute er auf die Uhr an der Wand, ein Geschenk meiner Schwägerin. Ich verzichte natürlich auf die Verteidigungskostenrückzahlung. Die im Gesetz vorgeschriebene Verteidigungskostenrückzahlung ist eine ungerechtfertigte Härte. Alle Erschwernisse würden ihm aus dem Weg geräumt, darauf könne er sich verlassen. Ich würde mich verschiedenenorts für ihn einsetzen. Er sei nicht allein mit seinen Verbrechen, wiederholte ich, jeder beginge Verbrechen, die größten, aber die meisten Verbrechen blieben unaufgedeckt, unerkannt, unbestraft. Verbrechen seien Krankheitserscheinungen; die Natur bringe unaufhörlich alle möglichen Verbrechen, darunter die Menschenverbrechen, hervor; die Natur verschaffe sich ihre Verbrechen rechtmäßig. Alles sei immer in der Natur und aus der Natur, die Natur sei von Natur aus verbrecherisch. Weil er einen so kläglichen Eindruck machte, fragte ich ihn, ob er nicht augenblicklich, was doch möglich sei, die Kraft dazu habe, sein Leben zu überschauen, mit der ganzen Welt hinter sich und dann vor sich, zu einem Anschauen seiner doch unerhörten Entwicklung, er fände darin, auch das sei gesetzmäßig in der Natur, nicht nur Finsternisse. Die Welt sei nicht nur entsetzlich. Die Materie ungeheuer exakt und voll Schönheit. Unabhängig von Ort und Zeit sei der Einzelne immerfort zu den erstaunlichsten Entdeckungen, derentwillen das Leben sich auszahlt, fähig. Aber Winkler antwortete nichts, er reagierte auf nichts. Er schien sich mehr und mehr in sich selber, und zwar in eine grauenhafte Vorstellung von sich selber, einzuschließen. Wenn einmal, bemerkte ich, und ich dachte dabei mehr an mich als an ihn, die Spaziergänge, die man macht, nicht mehr in den Wald oder an den Fluß oder in das doch warme und pulsierende Gehäuse einer Stadt oder zu den allgemein Menschlichen und zurück führen, sondern nurmehr noch, wenn auch in den Wald und an den Fluß und in die Stadt und zu den allgemein Menschlichen, in die Finsternis und in nichts als in Finsternis, dann ist man verloren. Es war mir klar, daß Winkler, hätte er Geld genommen, ins Gasthaus gegangen wäre, nicht um zu schlafen ... und er wäre am andern Tag nicht fähig gewesen, sich einem der Zimmerermeister vorzustellen. Wie schwach war der große Mensch, der riesige! Wenn er aufspränge und mich zusammenschlüge! Die Schläger und die Totschläger springen urplötzlich aus ihrer entsetzlichen Schwäche auf. Winkler erinnerte mich an ein Tier, das in mehreren wilden und zahmen Tieren zugleich ist, existiert, in Feindschaft, in der Natur der Feindschaft. Ich hätte mich über seine Kindheit nicht zu informieren brauchen: der Zimmerergehilfenbrief war ihm mehr ein nicht von ihm, sondern von seinen Eltern in höchster Höhe angebrachtes Sprungbrett, um sich davon, von ihm aus, dem für seinesgleichen oft unerreichbaren, in das Abgrundtiefe ja -tiefste fallen zu lassen, gewesen. Ich verzichtete an dem so unerwartet traurig gewordenen Abend darauf, einen Rundgang zu machen, wie das meine Gewohnheit ist. Winkler sagte nichts mehr und blieb bewegungslos mit geschlossenem Mantel; schließlich mit den Händen in seinen Manteltaschen im Sessel sitzen. Sein Kopf war dann, für mich hinter meinen Büchern verborgen, auf seinen Knien. Ich blätterte in den verschiedensten Aktenstücken, während Winkler, eingeschlafen, wie ich feststellte, einen nurmehr noch entsetzlichen Eindruck machte. Ich überlegte, ob ich ihn, der den für Magen- und Leberkranke und Strafanstalten charakteristischen Geruch in meinem Zimmer verbreitete, nicht aufwecken und vor die Haustür hinunterbegleiten sollte. Es war ein kalter und nasser Abend. Ich bin erschrocken, als Winkler zu sich kam und, ohne nur ein einziges Wort zu sagen, und zwar mit dem Rücken zuerst, aus dem Zimmer ging; abrupt, kam mir vor. Sein Fall war schwierig. Ich habe von dem Menschen bis heute nichts mehr gesehen und nichts mehr gehört.

Nachwort

Säkularisierte Eschatologie

Der Tod als Maß, Ziel. Alles menschliche Planen und Hoffen wird an seiner Übermacht und Unausweichlichkeit zuschanden. Daß im lapidaren Faktum des Sterbens ein Angelpunkt seines Schaffens zu sehen sei, legte Thomas Bernhard so lakonisch wie unmißverständlich in einer Rede dar. Alles werde in das verzerrende Licht der »Lächerlichkeit« getaucht, so man an den Tod denke. »Das Leben Hoffnungslosigkeit ... in welcher alles letztenendes verrückt werden muß.« Apodiktisch konstatiert der total desillusionierte Autor: »Die Zeitalter sind schwachsinnig, das Dämonische in uns ein immerwährender vaterländischer Kerker, in dem die Elemente der Dummheit und der Rücksichtslosigkeit zur tagtäglichen Notdurft geworden sind.« Das »Dämonische«: nicht länger wird es, wie seit der vom »natürlichen Menschen« und einer »natürlichen Gesellschaft« träumenden Epoche des »Sturm und Drang«, mit dem schöpferischen dichterischen Genie identifiziert, es ist die Kraft im Menschen, die das Böse fördert. Mit der Rezeption von Kierkegaards Werk im deutschen Sprachraum war die Pejorisierung des Begriffs unaufhaltsam geworden. Für Karl Jaspers ist das »Sichverfangen in der Undurchsichtigkeit des Dämonischen« eine Weise des »philosophischen Unglaubens«.
Gefühl der Verzweiflung neigt dazu, sich Bahn zu brechen im imperatorischen Gestus; die endzeitliche Situation erscheint als besiegelt. Permanente Bedrohung und Zersetzung, Leben als Prozeß des Sterbens, der Tod als Meer, an dem alle Flüsse enden, Determinante der vieldiskutierten Grundbefindlichkeit der »Moderne«. Von Georg Heym, dem frühexpressionistischen Dichter, erstmals zum fast ausschließlichen Thema von Dichtung gemacht, gibt Todesverfallenheit dem Werk Thomas Bernhards geradezu mythische Dimension. Anklage gegen die Gesellschaft erreicht kosmisches Ausmaß, den österreichischen

Autor einer Welt zuordnend, die sich zu jener des todessehnsüchtigen Romantikers Novalis kaum anders verhält als die Gewißheit des Endes zum Glauben an die Auferstehung.
Kein Jahrhundert kannte eine so eindeutige Tendenz zur Entlarvung wie das 19. Jahrhundert; keines einen so radikalen Vollzug von Entlarvung wie das 20. Maske erwies sich freilich als Gesicht. Nach dem Abbau heilsgeschichtlicher Vorstellungen, dem Verfall jeder religiösen, geschichtlichen und geistigen Autorität blieb das »naturhafte Dasein« übrig, einziger Halt einer entgötterten Welt. Die innerweltliche Verheißung auf Erlösung in einer Evolution des Wissens und Könnens, der Glaube an den Fortschritt, als erscheinendes oder »erschienenes Diesseits«, Ersatz für das verlorene Jenseits, fanden ein Ende. Als Grundmacht gepriesene Erfahrung ging ihres ordnenden Bezugs verlustig. Auf naturhaftes Sein reduziert, wurde das Dasein als Übermacht empfunden. Auf Entzauberung von Staat und Wissenschaft folgte Anarchie, das Chaos. »Eine letzte Möglichkeit revolutionärer Lebensbemeisterung auf dem Boden des Nihilismus gegen seine Herrschaft ist erreicht.« Denn eine Welt »ohne die Idee der Gerechtigkeit, eine Wissenschaft ohne die Kraft zur Wahrheit«, schreibt Helmuth Plessner, »können keine Achtung und keinen Gehorsam mehr verlangen. Sie versagen ... vor dem Herzen der Menschen, welche hoffen müssen, um leben zu können.«
Überdruß, Ekel an einer entzauberten Zivilisation weckt Verlangen nach Veränderung, führt zu Protest und Revolte. Oder zur Frage nach den verlorenen Möglichkeiten einer ungebrochenen menschlichen Existenz. Wie ist Totalität wiederzugewinnen? Abseits der gegenwärtigen Gesellschaft oder in der auf das Ganze gerichteten philosophischen Verneinung. Absage kann zur Verweigerung werden. Deren Anspruch erreicht theologische Ausschließlichkeit. Negation der Schöpfung, verurteilt als Erscheinungsform des Wahnsinns, der Lächerlichkeit als Echo auf den im Nichts verhallenden Ruf nach dem Heil. Die zum Extrem getriebene Forderung nach dem Sinn beschwört die Fratze des Unsinns, artikuliert das Dasein als unrettbares Chaos. Der Gestus verweltlichter Theologie, deren Anspruch ein totaler

ist, stellt sich radikal gegen die eigene idealistisch-humanistische Erwartung. Verweigerung aus Verstörung. Titanische Weltfreudigkeit schlägt um in Existenzabscheu.

Den Kräften der menschlichen Leere im Bewußtsein von Zerbrochenheit der Welt, deren Sinnlos-Sein sich preiszugeben, verlangte Sören Kierkegaard. Friedrich Nietzsches und Karl Marx' Antworten auf den Verfallszustand der Welt von heute sind Gemeingut. Für Kierkegaard war Verzicht auf die Suche nach dem Sinn des Seins Zeichen der Redlichkeit des verzweifelten einzelnen. Er vertraute dessen persönlicher Entscheidungsfähigkeit in der Wahl zwischen Selbstvernichtung und Sprung in den Glauben. Inwieweit Kierkegaards Dialektik der Verzweiflung oder die taktische Illusionslosigkeit Pascals – »seinen Pascal« liest übrigens als letztes der Maler Strauch in *Frost* – einen Rettungsanker zu bieten vermögen, muß genausosehr der Erfahrung des einzelnen überlassen bleiben wie die Beantwortung der Frage, ob sich hinter dem Rückgriff auf Begriffe wie Absurdität nicht ein ideologisches Alibi verbirgt. Was in diesem Zusammenhang einzig von Relevanz ist: beherrschendes Thema im Werk Thomas Bernhards bildet die erste der beiden von Kierkegaard angeführten Möglichkeiten: die Selbstvernichtung. Einsicht in die Unzulänglichkeit des Menschen, die Unmöglichkeit der Erkenntnis als Produkt wissenden Denkens, Erfahrung der Übermacht der Objekte führt nicht zum Glauben – sie mündet in die Katastrophe. Der Trost einer Alternative fehlt. Total und ausweglos ist die Begegnung mit dem Nichts. Die Grenze erweist sich als unübersteigbar, kein dem Leben vorgegebener positiver Entwurf als erkennbar.

In Zeiten geistiger Desorientierung erfährt menschliche Sensibilität oft Steigerung. So macht der Pessimismus Arthur Schopenhauers – einen Hinweis auf den Philosophen gibt der Fürst in *Verstörung* – die Sensibilität des Menschen, die Beweglichkeit seines Denkens, die Erregbarkeit seiner Phantasie zum Multiplikator irdischen Leidens. Leben heißt Leiden. Glück kennt Schopenhauers Welt nicht. Äußerung einer blinden Kraft, dominierend in ihr Gleichgültigkeit, Leere, Langeweile und Angst. Selbstsucht und Bosheit depravieren das Menschenwesen und seine Vorstellungen, machen die Weltgeschichte zum Alptraum. Aussicht auf Rettung bleibt dem Dasein versagt. »Die Welt ist eine Umwelt der Hunde«, heißt es, an Schopenhauer anklingend, unmißverständlich bei Bernhard. Solch schroffe Zurückweisung der geschichtlich-gesellschaftlichen Ideale, Verweigerung des Ja zum Leben ist ein Rückschlag gegen Optimismus und Kulturenthusiasmus von Humanismus und Aufklärung. Gegen die optimistische Vorstellung von der Vernunft der Wirklichkeit sucht Schopenhauer unermüdlich das Irrationale der Welt zu Bewußtsein zu bringen, wie es im rohen Naturtrieb und der überfeinerten, aber machtlosen Geistigkeit sich darstellt. Prometheus, angeschmiedet an den Felsen der sein Leiden perpetuierenden Natur, kennt nur das blinde Begehren, den dunklen, Willen genannten Drang, Langeweile und Schmerz, wobei letzterem dennoch ein positiver Stellenwert im menschlichen Leben zukommt.

Gegenutopisch wie jene Arthur Schopenhauers ist die Weltsicht Thomas Bernhards. Ihr eschatologischer Charakter läuft letztlich hinaus auf »Ablehnung innerweltlicher Aktivität zur praktischen Realisierung von Zielen«. Diese zu erreichen, wird angesehen als »nicht menschenmöglich« (Th. Mahlmann). Die Hoffnung auf Weltvollendung ist versickert, verdrängt von der Gewißheit, einer Endzeit anzugehören. Statt der Verwirklichung von Telos, wie in der alten Eschatologie vorgegeben: Erfahrung des Preisgegebenseins an Sinnlosigkeit, Tod. Die radikale Absage an die Erlösungshoffnung – im Diesseits wie im Jenseits –, die Vorstellung »vom universalen Nichtwissen sind die in die völlige Schwärze der Negation und der Katastrophentheorie eingefärbten ursprünglichen positiven Vorstellungen, die uns, wie etwa die Idee des Positivismus, des Fortschritts oder des universalen Wissens, an ihrem Ende angelangt scheinen« (Robert Heiss). Das Ende ist aktualisiert in der verzweifelt das Naturpartikel Ich ausmessenden Bemühung, als Vorstufe des Schweigens, auf das vielgesichtiger Tod folgt.

Der Tod als Maß des Lebens, als »Determinante für die Natur« (W. Schmidt-Dengler), an deren Grenzenlosigkeit jegliches Erkenntnisstreben seine Vergeblichkeit erweist. »Verstörung«.

»Stören« als »zerstreuen«, »vernichten«, dem das Präfix »ver-« den verschärften Sinn Zugrundegehens verleiht. Die Wissenschaft von der Natur, dem aus sich selbst Entstandenen, in sich selbst Vergehenden, Erkenntnisobjekt und Träger des Erkenntnissubjekts, führt zwangsläufig in die enge Bahn der absurdesten Schöpfung von Endlichkeit: jener des Todes. Thomas Bernhards Naturbegriff umschließt einen »Inzest der Gegensätze« (A. Botond). Natur als Trieb und Wille und zugleich als Kraft, die im menschlichen Bewußtsein Klarheit über sich selber sucht. Das Licht, das sie erzeugt, enthüllt die Absurdität der Erfahrung, die Unaufhebbarkeit der Finsternis. Dieser Zustand totaler Seinsverdunkelung, der an Bilder der Vorhölle erinnert, kennt kein Entrinnen. Die bedrückende Übermacht der Natur wird als Schicksal, als »absolute Fatalität« erfahren. Von »Menschen ... die sich wehren, auch nur etwas zu äußern, und die fortwährend alles äußern müssen. Die ihre Gedankenströme abbinden, aber immer doch sinnlos und nutzlos abbinden; die in selbstmörderischen Redefluß ausarten, die sich in Wahrheit hassen, weil ihre Gefühlswelt, als Inzucht wider Willen verstanden, sie täglich auf die brutalste Weise zerschmettert« *(Frost).* Da alles Geschehen sich marionettenhaft-mechanisch im lastenden Schatten der Natur vollzieht, dieser den Allgemeinzustand des Menschen, seine Verfallenheit definiert, kann die Auseinandersetzung mit jener entfallen. Beschreibung reduziert sich zum Ablesen einer tödlichen Fieberkurve, angesichts deren Faktizität die Frage nach der Veränderbarkeit der Gesellschaft irrelevant erscheint: »es ist alles lächerlich, wenn man an den Tod denkt«.

»Mich interessieren nur *meine* Vorgänge, und ich kann sehr rücksichtslos sein«, bekannte Thomas Bernhard einmal. Äußere Vorgänge und Veränderungen seien immer die gleichen. Wer ist, wäre an dieser Stelle zu fragen, dieser Autor?

Thomas Bernhard wurde am 10. Februar 1931 in Heerlen/Holland als Sohn eines österreichischen Landwirts und der Tochter des Schriftstellers Johannes Freumbichler geboren. In Wien, Seekirchen (Wallersee), Traunstein und Salzburg verbrachte er seine Kindheit. Besuch des Gymnasiums ab 1942; 1947 Antritt einer kaufmännischen Lehre. Im gleichen Jahr 1947

entstanden erste Gedichte. 1949–51 Aufenthalt in der Lungenheilstätte Grafenhof. Nach vierjähriger Tätigkeit als Gerichtsreporter und anschließender Arbeit als Bibliothekar in London studierte Thomas Bernhard in Salzburg und Wien Musik. Mit einer Arbeit über Bertolt Brecht und Antonin Artaud schloß er 1957 seine Dramaturgiestudien ab. 1957 erschien Bernhards erster Gedichtband *Auf der Erde und in der Hölle*, 1958 der Band *Unter dem Eisen des Mondes*. Sein erster Roman *Frost* wurde 1963 veröffentlicht. In regelmäßigen Abständen folgten ihm weitere Romane (*Verstörung*, 1967; *Das Kalkwerk*, 1970; *Korrektur*, 1975; *Holzfällen*, 1984; *Auslöschung. Ein Zerfall*, 1986) sowie zahlreiche Erzählungen (u. a. *Amras*, 1964; *Ungenach*, 1968; *Watten*, 1969), die fünfbändige Autobiographie (*Die Ursache*, 1975; *Der Keller*, 1976; *Der Atem*, 1978; *Die Kälte*, 1981; *Ein Kind*, 1982) und Theaterstücke (*Ein Fest für Boris*, 1970; *Der Ignorant und der Wahnsinnige*, 1972; *Die Jagdgesellschaft*, 1973; *Die Macht der Gewohnheit*, 1974; *Minetti*, 1977; *Der Weltverbesserer*, 1979; *Der Theatermacher*, 1984; *Elisabeth II.*, 1987; *Heldenplatz*, 1988). Dieses Œuvre bietet sich dar in einer in der deutschsprachigen Nachkriegsliteratur einmalig anmutenden, so reizvollen wie problematischen Folgerichtigkeit und Geschlossenheit. Bernhard starb am 12. Februar 1989 in Gmunden (Oberösterreich).
Die in dem vorliegenden Band zusammengefaßten Erzählungen sind sämtlich Krankheitsberichte. Sie handeln von Sein zum Tode. Als Beschreibung von Abläufen setzen sie die Tatsache der Krankheit voraus, nehmen deren Unheilbarkeit als endgegeben an. Man könnte sagen, daß sie »auf topologische Beschreibung von Mensch und Natur abzielen« (Reinhard Prießnitz). »Wenn wir der Wahrheit auf der Spur sind«, sagte Thomas Bernhard in seiner Rede anläßlich der Verleihung des Anton-Wildgans-Preises, »ohne zu wissen, was diese Wahrheit ist, die mit der Wirklichkeit nichts als die Wahrheit, die wir nicht kennen, gemein hat, so ist es das Scheitern, es ist der Tod, dem wir auf der Spur sind …« Für den zurückblickenden Ich-Erzähler in *Jauregg* hat sich nach drei Jahren Vergeblichkeit Anlaß und Grund für seine Anwesenheit »in den jaureggschen Steinbrüchen« im Dämmer der Zeit verflüchtigt. Obwohl ihn der Verdacht, sein Onkel könne am Selbstmord der Mutter schuld sein,

dorthin getrieben hatte und seine »Nachforschungen« zu »entsetzlichen Ergebnissen« führten. Gerade letztere lähmen ihn, statt ihn »handlungsfähig« zu machen: er wird zum Opfer seiner »Kraftlosigkeit«. In den Jahren, die er in Jauregg verbrachte, hat er seinen Onkel ein einziges Mal gesehen, doch ohne daß dieser auch nur einmal das Wort an ihn gerichtet hätte. Die Erkenntnis seiner Verzweiflung hindert ihn daran, wirklich verzweifelt zu sein, läßt ihm diese, angesichts der Dimensionen der Sinnlosigkeit, lächerlich erscheinen: »... ich sage mir ... du mußt in der größten Verzweiflung sein und du hast ein Recht darauf ... Aber ich weiß auch, daß es lächerlich ist, eine verzweifelte Existenz zu führen ... wie ja der Gebrauch des Wortes ›Verzweiflung‹ an sich schon lächerlich ist ...« Er bleibt, resigniert, gebrochen, die Steinbrüche als Gefängnis akzeptierend. Trotz dem Fazit: »daß die Verhältnisse auf dem Land noch viel bedrückender sind als diejenigen in der Stadt ...« Der Leser fühlt sich an Schopenhauers Bild von der Schlange erinnert, in deren aufgesperrten Rachen fasziniert und gelähmt das todgeweihte Eichhörnchen starrt.
Resignation angesichts der Menschenfeindlichkeit der Natur: »Was mich betrifft, so habe ich schon von dem Augenblick an, in welchem ich eingesehen habe, daß die jaureggschen Steinbrüche der Natur gehorsam menschenfeindliche sind, nicht mehr die Kraft gehabt, wegzugehen ...« So konkretisiert sich in der Figur des Onkels das Schicksal: er ist »von der Natur ausersehen ... das Leben meiner Mutter systematisch zu zerstören, sie eines grauenhaften Sterbens *immer immer noch* leben zu lassen«. Leben als Sterben. Als Werkzeug der Natur, in das diese »Grauenhaftigkeit« gelegt hat, ist der Onkel zugleich das personifizierte Schicksal des Neffen. »Nein, auch ich gehe ja unter seinem Einfluß zugrunde, genauso, wie meine Mutter unter seinem Einfluß zugrunde gegangen ist ...« Das Bemühen, sich immerfort Ablenkungen, Abwechslungen zu arrangieren, bewußt in der Nichtigkeit von Alltäglichkeiten zu verlieren, mit einem sorgsam ausgetüftelten Witz sich bei seinen Kollegen »über Wasser zu halten«, bewahrt ihn vor dem völligen Zusammenbruch. Das Ende des Textes scheint die Frage zu rechtfertigen: Für wie lange?

Das Bild des Steinbruchs – Assoziationen wie Schwerarbeit, Sisyphos-Existenz, Konzentrationslager weckend – steht für die »Verstörung« durch »Kontaktlosigkeit«, »verletzende Ablehnung«, »unmenschliches Verhalten«, führend zu »genereller Kraftlosigkeit«, »generellem Willen zu nichts«, »Verstandes- und Körperschwäche«. Der Aufenthalt in den Steinbrüchen erweist sich keinesfalls als Nährboden für Befreiung: das Urteil lautet lebenslänglich. Als Richter fungiert die Natur, die auch das Wesen des Menschen determiniert.
Angelpunkt und bewegendes Moment der Erzählung *Jauregg* ist Todeserfahrung; in Todeserleben scheint sie zu münden. Ähnliches gilt für die Erzählung *Der Zimmerer.* »Alles viel zu spät«, sagt darin der Zimmerer Winkler, angeklagt, am frühen Tode der Eltern schuld zu sein. Winkler, aus der Haft entlassen, sucht seinen einstigen Verteidiger auf: er fürchtet sich. Seine Schwester bat den Anwalt, den »unten« Wartenden zu empfangen. Zwei Erzählperspektiven verbinden sich scheinbar im matten Spiegel des die Geschichte Berichtenden. In Wirklichkeit laufen sie nebeneinander her, unversöhnt. Das Bemühen der Schwester, die, geängstigt von seinem »Zerstörungstrieb«, der »Körperroheit«, »entsetzlichen Körper- und Geistesentwicklung« des von ihr nach wie vor mit Zuneigung bedachten Bruders, bangt, »ein Mensch« könne »einen solchen Zustand« nicht aushalten, seine »Natur« sei »zu einem einzigen großen Unglück zusammengeschmolzen«, findet ein Komplement im Bericht des Bruders, der die Reaktion anderer auf sein Verhalten nicht versteht. Er bietet ein Bild der »Hilflosigkeit«, gibt sich als Vertreter eines »Menschenschlags« zu erkennen, der »voll von der gänzlich unbewußten Substanz« ist. Seine Redeweise ist »plump, überall offen, einem Körper voller Wunden vergleichbar«. Die Bilder, die er malte, charakterisiert der Berichtende, waren »von einem gleichmäßig von seinem seltsamen Unglück beherrschten Grau«. Er vergleicht den Zerbrochenen mit einem »schon nicht mehr lebenden, aber doch existierenden Wesen«: »Ich fragte mich auf einmal, ob der Mensch verloren sei.«
Keine »Besserungsmöglichkeiten« mehr sieht Winkler für sich: »Seine Kindheit und seine Jugend seien von der Aussichtslosig-

keit verfinstert gewesen, sich jemals bessern oder verbessern zu können ... Seiner Anlage nach sei er von vornherein eine einzige finstere Fundgrube für Grausamkeiten und Schmerz gewesen ... Seine Schmerzen, schon die allerfrühsten, seien mit Gefühllosigkeit behandelt worden ...« Er klagt über die »seelische Kälte« seiner Mitmenschen, spricht von »Überdruß«, Menschenverstörung. Scharf kontrastiert der zynisch unbeteiligt anmutende Kommentar des Zuhörenden: »An seinem entsetzlichen, ihm auswegslos erscheinenden Zustand sei auch das Wetter schuld«, zudem: »Wenn einmal ... die Spaziergänge, die man macht, ... in die Finsternis und in nichts als in Finsternis (führen), dann ist man verloren.« Leerformeln, die Verdammungsurteil sind. Winkler erinnert ihn »an ein Tier«, das »in der Natur der Feindschaft« existiert. Eine Möglichkeit zur Verständigung besteht nicht: »Die ganze Welt eine Welt von Ausgeschlossenen«.

Wie Winkler auftauchte, Hilfe erwartend, so verschwindet er: er schiebt sich rückwärts zur Tür, verläßt das Zimmer, verstört. Wie einer, der fatalistisch Schutz vor seiner Furcht im Dunkel sucht.

Tode umschließen die Erzählung *Der Wetterfleck*. Aus der Alltäglichkeit der Anonymität nach zwei Jahrzehnten »plötzlich« aufeinanderstoßend, treten zwei Menschen in Kontakt. Wieder ist es ein Anwalt und sein Klient. Letzterer sucht Rechtsbeistand gegen die Auflösung – »Abschenkung« – seiner Existenz: »ich suche Sie wegen der Unerträglichkeit auf, in welcher ich existieren muß.« Es sei »so vieles auf so schmerzliche Weise absurd«, gibt ihm leichtzüngig der Anwalt zu bedenken. Das Auffällige, an Humer, dem Besucher: ein Wetterfleck, dessen Knopflöcher mit Chevreauleder besetzt sind. »Diese mit Chevreauleder besetzten Knopflöcher habe ich nur einmal in meinem Leben gesehen«, meditiert der Anwalt, »nämlich am Wetterfleck meines Onkels, der vor acht Jahren ... ertrunken ist ... eine Verzweiflungstat war die eine, ein Unglücksfall die andere Meinung gewesen, mit Sicherheit aber glaube ich, daß sich Worringer in sogenannter *selbstmörderischer Absicht* in die Sill gestürzt hat ...« Um die Frage nach der Provenienz des

Kleidungsstücks kreisen fortan die Gedanken des Zuhörenden, während der damit Bekleidete umständlich den Zweck seines Besuchs darlegt und sich dabei »mehr und mehr in den Wetterfleck« zurückzieht. Man habe »die Wahl, sich umzubringen«, sagt er, »oder zu einem Anwalt zu gehen«. Der Anwalt als Sachwalter der »Gnade«. Im weiteren Verlauf der Geschichte wird deutlich: die Alternative ist nur eine scheinbare. Humer erhebt sich »plötzlich« und geht. Des andern Reaktion: »Mehrere Verbrechen und Vergehen, dachte ich, wie sie unter den Einzelhändlern an der Tagesordnung sind …« Kurz darauf berichtet die Zeitung vom Selbstmord des Verzweifelten. Das Ereignis, dessen Assoziationsträger der Wetterfleck war, hat sich wiederholt.

Was als Dialog intendiert war, zerfasert sich zu zwei aneinander vorbeifließenden Monologen. Die Aufmerksamkeit des Anwalts gilt dem Wetterfleck, er verkrampft sich in die Lösung der Frage, ob es sich tatsächlich um das Kleidungsstück des Onkels handele. Kaum hat er sich »vorgenommen, nicht mehr vom Wetterfleck zu reden«, diesen »auszuschalten«, beschäftigt ihn »doch wieder nichts als der Wetterfleck«. Nur mit halbem Ohr folgt er dem, was der andere zu berichten hat. So reden sie aneinander vorbei, ohne Brücke zur Verständigung. Der Kommentar des Anwalts zur »trüben Nebelstimmung des Tages«: »alles ist verfinstert, äußerste Disziplin erfordere diese Jahreszeit, man müsse sich *beherrschen und durchkommen* … alles ist einer ungeheuerlichen Belastungsprobe ausgesetzt.« Diese Distanzierung ist es allerdings gerade, was ihm die Möglichkeit gibt, dem Erzähler als dessen Gewährsmann die Ereignisse zu überliefern: die »schuldlose Monotonie« des verzweifelt gegen seine Destruktion sich Wehrenden weiterzuberichten.

Dem Autor gelingt es, das Wort »Wetterfleck« fast magisch zum Reizwort aufzuladen. Es wirkt wie eine Boje im Strom der Mutmaßungen. Als »gegenständliches Korrelat« wird es zum Bedeutungsfokus der ganzen Geschichte. Nicht allein, daß sich an ihm die Reflexion des Erzählers bricht und den Blick freigibt auf sein Inneres – seine Versicherung, er sei primär an Gesichtern

interessiert, kraß widerlegend –, das Kleidungsstück, das, wie sein Name sagt, Schutz gegen das Wetter, die Unbilden der Natur bieten soll, wird zugleich zum Verderber dessen, der es trägt. Zuzuschreiben ist es letztlich ihm, wenn die Aufmerksamkeit des Rechtsvertreters auf so todesbezogene Weise von dem hilfesuchenden »Geschöpf« und seinem »Schicksal« abgezogen wird. Der Wetterfleck, an der Sill einst aufgelesen, Vermächtnis eines Selbstmörders, wird seinem Träger zum Schicksal. Und bleibt gleichzeitig erhalten, ihn überlebend und die Geschichte mit einer Schlußpointe versehend.
Als Protokolle der Weltisolierung, der Absonderung in den Verliesen des zivilisatorischen Abseits, verbildlicht durch Steinbruch, Gefängnis, Dachboden, lassen sich alle drei Geschichten des Bandes klassifizieren. Ihre Protagonisten enden in Sackgassen, in die als »Schicksal« die Natur sie geführt hat. Keiner von ihnen hat die Kraft zu Aufbegehren und Weltveränderung. Diese Ausbruchsmöglichkeit scheint nicht vorgegeben. Genausowenig wie die dieser als Voraussetzung dienende empirische Erfahrbarkeit von Realität. Bernhards Berichte mit ihrer Schilderung extremer psychischer Situationen beantworten die Frage nach »wann« und »wie« mit einem Achselzucken. Wie Alfred Döblin scheint der Autor den Standpunkt zu vertreten, daß das »Motiv« im Erzählen so sehr ein Irrtum sei wie im Leben. Schon Döblin postulierte wegweisend, an die Stelle des Psychologen habe der beobachtende, protokollierende Psychiater zu treten, der »Abläufe«, Vorgänge notiert. Innenwelt wird ihm in der Beschreibung von Außenwelt faßbar. »Der gesamte Bereich der den Menschen beherrschenden Natur, die mit Verbrechen, Brutalität, Gleichgültigkeit, Geschäftssucht usf. in einem unmittelbaren Zusammenhang steht«, schreibt Otto Lederer, ohne allerdings auf Döblin hinzuweisen, »erscheint aus dieser Sicht als ein Zeichensystem für menschliche Verhaltensnormen, das eine Innenlage mit den Zeichen der Außenwelt zu erfassen sucht. Bernhard scheint in den Abstufungen von den gemeinen, in der Schlucht existierenden bis zu den hohen, in Hochtälern, Schlössern, Burgen lebenden Menschen ein anthropologisches Schichtensystem mit Vermischungselementen zu entwerfen, in dem

alle möglichen menschlichen Verhaltensformen allein vom Absterben, vom Tod als einem fortdauernden Prozeß bestimmt sind.«

Die meisten von Bernhards Berichterstattern über den »Gang durch ein vormenschenwürdiges Jahrtausend« oder über »die Expeditionen in Urwälder des Alleinseins« *(Frost)* sind Ärzte und Rechtsanwälte. Durch ihre berufsbedingte Distanz, der sich menschliches Leiden zum »Fall« objektiviert, unterkühlt und relativiert von Kanzleiatmosphäre, kommt die Exaktheit des klinischen Rapports zustande. Reduziert zu bloßer Spiegelfunktion, »Gnaden«-los, lassen sie das Gespiegelte, die von Lebensekel, Angst und Verfall bestimmten Zustände der Welt noch furchterregender in Erscheinung zu treten, den Fluch über sie noch unwiderruflicher werden. Sie sind Gewährsleute, deren Bericht weiträumige, von indirekter Rede getragene Satzgehäuse füllt. Die Anwesenheit der dauernd zitierten Erzähler in der Erzählung »verbindet Bernhard mit den Techniken des Nouveau Roman, die versuchen, die Gesichtspunkte des Berichtenden in die Erzählung einzubeziehen und damit zu demonstrieren, daß die erzählte Realität immer gefiltert ist durch die Sicht der Berichtenden« (Marianne Kesting). Der Erzählstrom, in sich kreisend, in Neuansätzen stoßweise sich bewegend, tendiert zu Auflösung, Infragestellung, verschleiernder Mutmaßung, zwischen Mitteilung und deren Zurücknahme schwebend, Emotionales, Irrationales spiegelnd. Solche Sprachbesessenheit, indem sie in wuchernde Satzfolgen ausufert und amorphe Strukturen schafft, hat ihre Entsprechung in der Beschaffenheit des dargestellten Lebens.

Den Schablonen und Maßstäben gesellschaftskritischer Literatur dürfte sich ein Chaotisches artikulierendes Prosawerk wie jenes von Thomas Bernhard entziehen. Die Zukunft negierend, läßt es sich nicht ein auf die spezifischen politischen und ökonomischen Bedingungen der sozialen Gegenwart. Ding wie Mensch sind in ihm äußerster Zerreißprobe ausgesetzt, kosmischer Hypostasierung unterworfen. Die Zustände erscheinen so sehr ins Extrem gesteigert, verabsolutiert, daß zugleich ein Schimmer von ihren Gegenbildern her auf sie fällt. »In meinen

Büchern«, schreibt der Autor, »ist alles *künstlich*, das heißt, alle Figuren, Ereignisse, Vorkommnisse spielen sich auf einer Bühne ab, und der *Bühnenraum* ist total finster.« Künstlichkeit als Verzicht auf Abbildcharakter, Wiedergabe lokalisierbarer Wirklichkeit, deren Öffnung zum Parabolischen hin, als »figurale Zustände und Prozesse eines Bewußtseins« (Kurt Batt), dem das Bild der Welt Konkretisierung der eigenen, mit monomanischer Energie vorgetragenen Weltsicht ist. Weltentwurf verengt sich zur ewigen Variation, die das Selbst letztlich gesellschaftlich unvermittelt sein läßt. Im Sinne des Satzes: »Das Leben (ist) Hoffnungslosigkeit, an die sich die Philosophen anlehnen, in welcher letztenendes alles verrückt werden muß.« »Wir bevölkern ein Trauma«, heißt es in der gleichen Rede, »wir fürchten uns, wir haben ein Recht, uns zu fürchten, wir sehen schon, wenn auch undeutlich im Hintergrund: die Riesen der Angst.« Hegel besaß noch Vertrauen auf das, was er für die Ordnungskräfte der Welt hielt; Schelling und Schopenhauer sahen das Schreckliche. Kierkegaard machte die Angst zum großen Thema seiner Philosophie. Im Sprung in den Glauben sah er, wie Pascal, die Zukunft. Die Welt Bernhards kennt dergleichen nicht. Weshalb dem vielfach zitierten Einfluß des französischen, auf die Macht der Gnade vertrauenden Philosophen höchstens Gewicht als regulatives Gegenprinzip zukommen mag.

Nach dem bisher Gesagten dürfte es kaum noch erforderlich sein, auf die Frage einzugehen, ob eine Klassifizierung angebracht ist, wie jene sie vertreten, die in Thomas Bernhard einen »österreichischen Heimatdichter« sehen. Die dem Autor vertrauten Täler Tirols oder der Steiermark, das Milieu ihrer Menschen, bei ihm Besessene, Wahnsinnige, Mörder zumeist, dienen eher als Bühnenrequisiten, Träger von Farben und Tönen. Sie sind das Demonstrationsmaterial, auf das die Realität reduziert erscheint. Der Mensch nicht als leidender einzelner, sondern als Vertreter der leidenden Kreatur, die in wenigen Situationen von zerreißender, elementarer Spannung ihrer Natur als ihrem Schicksal ausgeliefert wird. Stoff für ein Welttheater, gekennzeichnet durch fortgeschrittene Entfremdung von Natur und Gesellschaft, auf dem »Normalität« nur mehr simuliert werden kann, als Rolle, Marionettenspiel *(Ein Fest für Boris)*. Welttheater freilich, das nicht länger »theozentrisches Gleichnis« (E. R. Curtius) ist. Landschaft steht paradigmatisch für Natur schlechthin, »das Natürliche«, das den Menschen in Abhängigkeiten zwingt, ihm Konflikte aufdrängt, die ihn verstören und erschöpfen. Wir gehen, läßt Bernhard seinen Notar Moro sagen, »im Gefolge von Sozialismus und Kommunismus ... alle zusammen genauso zugrunde, wie wir im Gefolge der Kaiser- und Königreiche zugrunde gegangen sind, weil wir *zugrunde gehen müssen* ... denn der Untergang ist es, worauf schließlich alles bezogen ist ...«

Otto F. Best

Inhalt

Deutschsprachige Literatur der Gegenwart

IN RECLAMS UNIVERSAL-BIBLIOTHEK

Eine Auswahl

Aichinger, Ilse: *Dialoge. Erzählungen. Gedichte.* 110 S. UB 7939

Andersch, Alfred: *Fahrerflucht. Ein Liebhaber des Halbschattens.* 95 S. UB 9892

Bachmann, Ingeborg: *Undine geht. Das Gebell. Ein Wildermuth.* 76 S. UB 8008

Benn, Gottfried: *Gedichte.* 188 S. UB 8480

Bernhard, Thomas: *An der Baumgrenze.* 54 S. UB 8334 - *Der Wetterfleck.* 77 S. UB 9818

Böll, Heinrich: *Der Mann mit den Messern.* 79 S. UB 8287

Burger, Hermann: *Der Puck.* 92 S. UB 8580

Canetti, Elias: *Komödie der Eitelkeit.* 139 S. UB 7678

Domin, Hilde: *Abel steh auf.* 96 S. UB 9955

Dorst, Tankred: *Große Schmährede an der Stadtmauer.* 54 S. UB 7672

Eich, Günter: *Fabula rasa.* 64 S. UB 8284 – *Die Mädchen aus Viterbo.* 72 S. UB 8688

Enzensberger, Hans Magnus: *Dreiunddreißig Gedichte.* 75 S. UB 7674

Erzählte Zeit. 50 deutsche Kurzgeschichten der Gegenwart. 517 S. UB 9996

Erzählungen seit 1960 aus der Bundesrepublik Deutschland, aus Österreich und der Schweiz. 344 S. UB 7977

Fried, Erich: *Gedichte.* 80 S. UB 8863

Frisch, Max: *Rip van Winkle.* 62 S. UB 8306

Fühmann, Franz: *Die Verteidigung der Reichenberger Turnhalle, Das Judenauto und andere Erzählungen.* 80 S. UB 9858

Grass, Günter: *Gedichte.* 88 S. UB 8060

Grün, Max von der: *Waldläufer und Brückensteher.* 75 S. UB 8426

Härtling, Peter: *Der wiederholte Unfall.* 77 S. UB 9991

Helwig, Werner: *Im Dickicht des Pelion.* 237 S. UB 8705 – *Raubfischer in Hellas.* 192 S. UB 8684 – *Reise ohne Heimkehr.* 375 S. UB 8706

Hildesheimer, Wolfgang: *Begegnung im Balkanexpreß. An den Ufern der Plotinitza.* 71 S. UB 8529 – *Der Ruf in der Wüste.* 75 S. UB 8720

Jandl, Ernst: *Laut und Luise.* 160 S. UB 9823 – *Sprechblasen.* 96 S. UB 9940

Kaschnitz, Marie Luise: *Caterina Cornaro. Die Reise des Herrn Admet.* 71 S. UB 8731 – *Der Tulpenmann.* 87 S. UB 9824

Kempowski, Walter: *Fünf Kapitel für sich.* 103 S. UB 7983

Koeppen, Wolfgang: *New York.* 69 S. UB 8602

Kreuder, Ernst: *Phantom der Angst.* 80 S. UB 8428

Krolow, Karl: *Gedichte und poetologische Texte.* 67 S. UB 8074

Kunert, Günter: *Der Hai.* 87 S. UB 9716

Kunze, Reiner: *Selbstgespräch für andere.* 103 S. UB 8543

Lenz, Siegfried: *Das schönste Fest der Welt. Haussuchung.* 86 S. UB 8585 – *Stimmungen der See.* 79 S. UB 8662

Mayröcker, Friederike: *Das Anheben der Arme bei Feuersglut.* Gedichte und Prosa. 79 S. UB 8236

Rinser, Luise: *Jan Lobel aus Warschau.* 77 S. UB 8897

Rühmkorf, Peter: *Selbstredend und selbstreimend.* 131 S. UB 8390

Schmidt, Arno: *Windmühlen.* 78 S. UB 8600

Strauß, Botho: *Trilogie des Wiedersehens.* 135 S. UB 9908 – *Über Liebe.* 151 S. UB 8621

Vesper, Guntram: *Landeinwärts.* 92 S. UB 8037

Walser, Martin: *Versuch, ein Gefühl zu verstehen, und andere Versuche.* 131 S. UB 7824 – *Die Zimmerschlacht.* 68 S. UB 7677

Wohmann, Gabriele: *Treibjagd.* 88 S. UB 7912

Wolf, Christa: *Neue Lebensansichten eines Katers. Juninachmittag.* 69 S. UB 7686

Philipp Reclam jun. Stuttgart